KB248754

야!! 너 내꺼라고 경고 했지?

<야.내.꺼.자.까 이야기>

제2부

<야.내.꺼.자.까 이야기>

야!! 너 내꺼라고 경고 했지?

제2부

징검다리

나 이은서 _! 드디어 대학교에 입학했다.

나도 이제 드디어 대학생인 거야〉_〈

바로하여 꽃피는 20의 청춘이 온 거지_♬

"병신짓 좀 그만해!-_-+ 저런 게 어떻게 대학을 들어

갔나 몰라_"

　-_-++++

　내 인생에 크나큰 태클을 거시며 짜증스럽게도 여전히

싸가지 없는 그 녀석_

　덧붙여 더욱 짜증스러운 건 작년에 이 녀석은 뒤늦게

대학이란 곳을 들어갔는데 재수없게스리 나도 같은 대학

에 입학을 해버린 것이다 ㅠ_ㅠ 흑!!

나의 꽃피는 대학생활을 돌려다오!!

"오빠 근데… 우리… 좀 늦은 것 같다? ^-^;;"

"뭐가? -_-+"

"오늘 신입생 환영회 있잖아!!"

"근데?"

저런 배러먹을 놈 =_=

선배라는 놈이 신성한 신입생 환영회를 그냥 제낄려고 하다니!! 절대 그렇게는 못하지 +_+^

"그래서 지금 나 혼자 가라는 거야?"

"그래 _ 귀찮으니까 너 혼자 가~"

하여튼 뭐든지 다 귀찮지 -_-+ 그렇게 귀찮으면서 밥은 왜 먹고 똥은 왜 싸냐??!!

"오호~ 그렇구나~~ 오빠 그런데 신입생 환영회 하면 술 많이 마시지??"

"그렇지."

"그럼 나도 많이 마셔야겠다??"

"당연하지. 니가 뭐라고 예외겠냐?"

"정말? 그렇구나_ 근데 오빠 나 술버릇 알지?? 큰일이네… 술 마시면 나 집에 안 들어간다고 난리칠 텐데… 할 수 없지… 뭐 우리 과에 잘생긴 선배들도 많던데 선배들보고 데려다 달라구 해야겠다 〉_〈"

"뭐라고 -_-+ 다시 말해 봐."

"뭐… 오빠가 안 간다는데 할 수 있어? 나 혼자 집으로 돌아갈 수 는 없잖아. 그렇게 술을 많이 마신다는데 ^-^"

"젠장 간다 가!! 간다고!!"

진작 그럴 것이지~ 으흐흐흐 *-,.-*

그렇게 신입생 환영회 장소로 이동한 녀석과 나 _

"안녕하세요 신입생 이은서입니다."

"안녕하세요 신입생 서창후입니다."

"안녕하세요 신입생 김인호입니다."

대충 인사가 끝나고… 소주 한 병과 동동주 한 사발을 첨부된 사발때기를 마셔야 할 시간 ㅜ_ㅜ

고통스럽구나~~~~~

"마셔라!! 마셔라!!"

선배님들 여기는 군대가 아니랍니다 -_-;;

사발때기를 두 손에 꼬옥 부여잡고 입으로 갖다대는 데… 저쪽 구석탱이에서 나를 새우 눈깔 마냥 꼴아 보는 그 녀석이 보인다 =_=;;

짱 ㅜ_ㅜ

오빠 미안해~ 오늘 내가 토하거나 하는 실수를 저질러도 제발 죽이지만 말아죠.

꿀떡꿀떡꿀떡

<-술 넘어가는 매우나 원초적인 소리 -_-;;

뜨뜨미지근한 게… 기분 좋다_

8

팽글팽글 돌고 _

한 잔의 위력이 참으로 대단하구나 -0-

우리 오빠 = _ = … 내 사랑 나수야 = _ = … 으흐흐흐

이리 오렴 _

비틀비틀 거리며 내 사랑 그 녀석에게로_♡

"오빠능 안마셩?? *^^*"

"겨우 한 사발 먹고 벌써 이 모양이냐?"

"아니항 _ 흐흐흐 나 아직 안 취해쏭."

"미쳤네 아주 -_-^"

"어이~~~~~ 거기 벌써 나수랑 붙어있는 은서 일루

와서 한 잔 더 받아야지??"

"넹 *^^*"

나수 녀석의 대학 와서 사귄 친구_ 정확히 말하자면 나

수놈보다 한 살 적은 시창님 _

처음 들었을 때 시궁창으로 잘못 듣고 성이 시 고 이름

이 궁창인 줄 알고 하도 웃겨서 그 자리에서 배꼽 빠져라

웃다가 나수 녀석한테 맞아죽을 뻔했었지 -_

아 _ 그나저나 나수 녀석의 친구 이야기를 하니까 갑자

기 정우가 보고싶구나 ㅠ_ㅠ

정우야 국방의 의무는 다 하고 있느냐!!

ㅠ^ㅠ 흐흐흐흑

"자~~이번엔 어떻게 해서 우리 은서에게 맛있는 술을

줄까?? 아~! 이걸로 하자."

내가 기분 좋을 땐 나의 선배이자 -_- 기분 나쁠 땐 맞먹는 친구_

그리고 녀석의 친구이자 -_- 녀석의 동생이기도 한 동시에 시창이는 또다시 사발때기에 맥주와 소주_ 그리고 막걸리까지 한껏 섞고_

거기에다가 다정스럽게 뽀너스로 고춧가루까지 뿌려주며 나에게 사발때기를 건넸다.

고춧가루……-_-……

쪼금 걸리는군.

"시창아 -_- 이건… 안 마시면 안 돼??"

"학교 모임에선 선.배.랬지? -_-+"

선배라는 호칭에 매우나 집착하는 시창이 -_-z

"존경하는 선배님아 이건 안 마셔면 안되냐?"

"안 돼."

"말도 안 돼~ 거짓말~"〈-성수 버젼으로 읽어 주세욜 -_-;;

나의 말도 안 돼~ 거짓말 소리에 시창님이 진노하여 두 사발로 추가되었다. 제길!! 너무 하는구나!!

진정 제가 오늘 꼭지까지 돌아서 무슨 짓을 저지를지도 모르는데… 다음날 아침에 깨서 나수 녀석에게 죽기를 바라시는 거죠??

어서 원래 살던 곳의 시궁창으로 돌아가 버리세요!! 저는 이제 모릅니다. 모두… 이것은 시창님의 책임 ㅠ_ㅠ

결국 난 _

맥주와 소주_ 그리고 막걸리 _ 거기에다가 다정스럽게 뽀너스로 고춧가루까지 뿌려진 두 개의 사발때기를 꿀떡 꿀떡 마셨다.

그런데…

이거 팽글팽글 정도가 아니네…

왜 이렇게 속에서 불끈불끈 뜨뜻하게 올라오지?? 여기가 어디지??

내가 뭐하는 거뉘? 헤헤 *).〈*

저기 내 사랑이 있넹??

"오빠~~~~*^^* 홍알홍알 나 이뽕??"

기억… 이 없다.

다만…

눈을 뜨니 벌써 창 밖은 해가 뉘엿뉘엿 넘어갈려는 거 같고 _

대체 나 몇 시간 동안 잔 거지?? 옆에서는 아영이가 떽떽거리고 있다.

"어머 웬일이니~ 웬일이니~ 별일이야~~"

아영아…_ _;;

난 걱정해 주는 거 별로 안 좋아하거든??

말하고 싶지만… 용기 없는 나_

크흑 ㅠ0ㅠ

저년은 내가 덤벼보기엔 나수 녀석과 니코틴년 만큼이나 무서운 년이었다 ㅠ_ㅠ

초등학교 6학년 때 그러니까 바로하여 3년 전 =_=;

내가 나수와 나를 소재로 소설을 올렸을 적 알게된 아이…

후훔 -_ㄱ

그때 나의 타고난 문장실력으로 ㅠ_ㅠ 미안 돌은 아파… 고만 던져…

어쨌든… 내 소설 대박 터졌었지 >_<

아!! -_-;; 중요한 건 이게 아니고…

어쨌든 초등학교 6학년생이었던 아영이_

주로 버디와 가을사랑이란 채팅창에서 서식하며 내가 힘들게 우정을 유지하고 있는 꽃미남 친구들을 매우나 탐냈으며 ㅠ_ㅠ 나수넘과 나랑 결혼해서 아이가 생기면 꼭꼭 자신의 며느리나 사위로 삼을 꺼라 다짐하던 아이…

나수넘 얼굴이 매일 보고싶다고 고등학교를 서울에서 다니겠다고 저 멀리 전라도 광양에서 서울까지 올라온 아이_

그리고는 용감히 우리집에 쳐들어와 당당히 하숙하고

있는 저 아이가 나는 너무너무 무섭다 !!

"근데… 아영아?? -_-;; 나 어떻게 된 거지??"

"어떻게 되긴~~~~ 언니 그 남자 누구야?? 진짜!! 멋지더라. 나수 오빠만큼 멋진 사람이 또 있다니 어떡해~~~~~~OT^TO"

엥?? 남자?? 웬 남자?

그 녀석이 데려다 준거 아니었나?

"무슨 말이야? 웬 남자??"

"시치미 떼긴~ 나수 오빠 몰래 어제 바람 핀 거였어?? 못생기면 죽일려고 했는데 나수 오빠 만큼 잘생겼더라 >_< 하여튼 능력도 좋아~ 언니 같은 사람이 도대체 왜 그렇게 꽃미남들 한테 인기가 많은 거야!!"

13

후훗 내가 좀 이쁘잖니 -v-*

알았다 알았어!!

이제 이 정도 됐음 적응할 때도 되었잖아. 왜 그렇게 볼 때마다 난리들인건데!!

그나저나!!

아영아 너무 앞서 나가는구나 -_-

나는 바람 핀 적이 없거든?? ㅠ_ㅠ 도대체 이해할 수 없는 이 상황은 나의 닭대가리로 어떻게 판단하여야 하는지 좀 알려주렴 ㅜ_ㅜ!!

"전혀… 모르는 일이야 -0-"

"그래?? 어?? 좀 이상하네… 하긴 나수 오빠랑 같이 나간 언니가 딴 남자한테 업혀온 게 좀 이상하긴 하지. 아~~~~몰라 몰라 복잡하잖아!! 그럼 쉬어 _ 나 나갈게!!"

나보다 더 단순한 것 –_– 그래서 쟤가 어려도 무서운 거야 _

이은서의 요주의 인물들

1. 그 녀석 (나수)

2. 니코틴년 (주희)

3. 아영

자나깨나 조심하자!!

"그나저나 정말 어떻게 된 거지?? 시창이 오빠한테 물어볼까?"

그리하여 난 침대 옆의 전화기를 들고 시창이님의 번호를 꾹꾹 누르기 시작했다.

뚜르르르르르르르 뚜르르르르르르르르르

14

"모시모시 하이룽~"

요란스럽기는 –_–ㅋ

"집어쳐 –_–+"

"은서야?"

"응."

"선배한테 말버릇이 그게 머야~~~~~)_〈"

하여튼 오두방정이 따로 없어 –_–

정우 녀석이 군대 가버리고 허전한데 그래도 시창이라도 있어서 다행이긴 하지 후훗_

"됐고~ 그나저나 나 어제 어떻게 된 거야?"

"은서야……"

"불안하게 왜 갑자기 이렇게 심각하게 부르는 거야. -_-;;"

"너… 그냥 죽어라."

@○@

뭬라!! =ロ=!!

3년 내내 겨우겨우 손박사 녀석의 말을 고분고분 들어가며 가까스로 완치시켜놨더니 니넘이 정녕 내 손에 죽고 싶어 그딴 소리로 지껄이는게냐!!

네 정녕 정석님으로 한 대 맞아봐야 정신을 차리겠구나!! 고3 내내 나를 힘들게 하시며 나수 녀석도 못 만나게 만드셨던 정석님 ㅜ_ㅜ!! 당신이 진정으로 쓰여야 하실 때가 오신 것 같습니다!!

"죽고싶지? -_-+"

"생각을 해봐~ 너 나수놈 이렇게 화난 상태에선 아무것도 못해."

이자식 도대체 뭐라고 씨불딱 거리는 거야 -_-^ 그 녀석이 대체 얼만큼 왜 화가 난 건데!!

"알 수 없는 소리만 하지말고 자세히 좀 말해봐!!"

"그러니까 니가 어제 취해서 어쩌고 저쩌고 #%*(^$##^&%$#&*)*&%#$ 했단 거지."

"똥구멍을 막아버리기 전에 알아듣게 간단히 줄여서 말해!! -_-+"

"하여튼 지가 선배고 오빠야!! 알았으니까 똑바로 들어!! 그러니까 뭐 간단히 줄이자면 니가 취해서 나수가 아닌 우리 과의 아웃사이더이자 그것도 나수의 철저한 원수 사이라고도 할 수 있는 라이벌 다윗놈에게 안겨 버린거지 ﹁"

_0_.;; 뭐시라~~ +ㅁ+!!

내가 나수 녀석이 보는 앞에서 다른 남자에게 안겼다고??

나 어떡해 ㅠ0ㅠ!!

근데 -_-

뭐?? 다윗???

이름이 다윗이야?

푸하하하하하 >_<

지가 무슨 예수님 그리스도라고 다윗이야? 너무 웃기잖아 ㅠ^ㅠ!!

"푸하하하하하 하하하 까르르 어떡해 너무 웃겨서 눈물나잖아!! 푸하하!! 그 사람 이름이 다윗이야? 진~짜 웃긴다 >_< 어떡해 _ 꺄 >_<ﾞ"

"맞지? 웃기지? 그치?? 그런데 내가 더 웃긴 거 하나 가르쳐 줄까?? 걔 성이 구씨다? 그럼 무슨 지가 아홉 개의 다윗이냐? 푸하하하하하하하."

"진짜? 진짜 성이 구씨야?? 푸하하하하하 깔깔깔 아 _ 웃겨 어떻해 너무 웃기잖아!! ㅠㅜㅜ!!"

잠깐 !

근데 내가 지금 이렇게 웃을 상황이 아닌 것 같은데 _

어느덧 시창이도 내가 이렇게 웃을 상황이 아닌걸 눈치챈 건지_

"그런데 은서야 생각해보니 나는 웃어도 괜찮은데 니가 지금 그렇게 웃을 상황은 아닌 것 같다. 아무튼 그래서 나수 녀석 열 받아 가지고 술취한 너 내버려두고 그대로 식탁 하나 때려부시고 가버렸거덩 ;;"

식탁 하나… 를 때려 부셨다…………

식탁을……

녀석이……

때려 부셨다…… ㅠㅡㅠ

그리고 그냥 가버렸다??

엄마 ㅠ0ㅠ 나 이제 어떻해!!!!

어설픈 애교조차도 통하지 않는 그 녀석 _ 도대체 나는 어찌해야만 하나요ㅠ0ㅠ

어제 말도 안 되는 거짓말~ 만 하지 않았어도!!

17

아니야 -_-+

그래도 시창이 자식이 안 먹일 수도 있었어!! 내 만약 여기서 목숨을 잃게 된다면 시창이 네놈도 함께 데려가고 말리라!!

일단은 나수 녀석의 화를 풀어보자꾸나. 전화하긴… 좀 떨리니까 -_-;; 일단… 문자를 보내 보는 거야!!

"오빠 ^0^ 나 이제 일어났어_ 머해??"

……

.

.

18

하지만 나의 문자는 철저히 먹혀 버린 건지 내 핸드폰은 전혀 반응이 없었다 -_-

이렇게 되면 전화를 해야만 하는데_ 흑

전화하는 건 너무 무섭단 말야 ㅠ0ㅠ!!!

하지만 녀석의 화를 풀기 위해선 전화를 해야만 하는 나_!

결국 다시 침대 옆에 있는 전화기를 집어 들었고

<u>뚜르르르르르르르 뚜르르르르르르르</u>

"어떤 자식이야!!"

많이 화가 났나 보구나 ㅠ_ㅠ

"오빠 ^^;;"

"왜 -_-^"

"미안."

"너 니가 지금 %&(*&%#@%*&(&%$)"

"오빠!! 미안 내가 다 잘못했어. 무조건 미안해 정말이
야. 다시는 안 그럴께. 그러니 용서해죠. 미안해 ㅠ0ㅠ"

그 녀석의 말을 잘라먹고는 숨조차 쉬지 않은 채 말했
다 – _–…

내가 이리도 오래 숨을 참을 수 있었다니…;;

"너… 너… 당장 끊어!!"

"오빠!! 오빠!!"

뚜…… 뚜…… 뚜……

젠장!!

그래도…

조금은… 풀렸을 꺼야…– _–;; 나는 그렇게 믿어 _

아홉 개의 다윗인지 예쑤 그리스또 인지 내일 만나기만
해봐라.

다 죽었어 – _–+++++

왜!! 왜!!!

하필 그 때 내 앞에 나타나서는!!

그렇게 그 날은 걱정과 한숨 속에 하루가 가버렸다 _

19

#아침

어제 거의 늦은 오후에 일어난 나 -_-
오늘은 그래도 조금 일찍 일어나서_
샤워하고 _ 옷도 이쁜 걸로 골라 입고 _ 화장하고_ 학교로 출발 _♬
가만있자 ~ 첫 수업이 뭐더라??
엑!!!
과 수업이잖아??
다들 모일텐데… 나수 녀석…-_-;; 괜… 찮겠지??
언제나 그렇듯 믿는 자에게 복이 있나니 -_-
굳은 신념을 가지고 강의실 문을 박차고 들어가는데…
퍽!!!
"아얏!!"

이씽 모야 ㅠㅠ
왜 재수 없이 아침부터 부딪치고 난리야!! 흑_
그런데 이 가슴팍 참으로 단단하구나 *ㅠ▽ㅠ*
"죄송합니다 (--)(_)(--)(_)"
"훗_ 홍알홍알 아가씨 여전히 귀엽군 ^-^"
뭐지?? 날 아는 건가?? 그런데 왜 내 눈앞엔 계속 단단한 가슴팍 밖에 보이질 않는 거지??
고개를 30도 정도 젖히자 단단한 가슴팍을 가진 듯한

놈의 얼굴이 눈앞에 들어왔다.

오우 -0- 꽃미남 -0- ♬

그런데 어떻게 날 아는 거지 -0-??

나의 기억력의 심각성을 인식하고 깊은 딜레마에 빠져 있는데…

"어라?? 이은서 너 안 들어가고 다윗놈이랑 여기서 뭐 해??"

뭐???

다윗???

그럼 어제 날 곤경에 빠트린 아홉 개의 예수 그리스도 구다윗??

이 놈이???

뺑찐 내 표정을 보곤 다윗놈 _

"푸하하 홍알홍알 아가씨 이름이 은서였군. 그나저나 나수 자식 역시 보기보다 눈이 낮았군. 담에 또 보자구 ^^"

라며 복도 끝으로 사라져만 갔다.

뭬야? =_=+++++ 눈이 낮아?? 저런 죽일 놈 같으니라 고!!

한눈에 나는 알아볼 수 있었다. 다윗놈 역시 나수 녀석 못지 않은 개싸가지라는 사실을 -_- 그리고 이 모든 사실 들을 알아내고 정신을 가다듬을 때쯤 안타깝게도 나수 녀

석은 시창이 옆에서 여태껏 나를 지켜보며 부글부글 냄비 끓는 것 마냥 끓어대고 있었다 ㅠ_ㅠ

"오… 오빠…ㅠ_ㅠ"

"*^-^* 꼬맹아 여기서 뭐해? 이제 곧 강의 시작할텐데 어서 자리에 앉아야지?"

난 죽었어!! 어떡해!!

이제 흑 _ 저 녀석이 저렇게 꽃미소를 띠우며 말을 할 땐 이미 이성의 끈이 끊어진 상태인데 _

어떠한 애교도 변명도 이해도 필요치 않다. 그저 조용히 입다물고 녀석 스스로 풀릴 때까지 기다려야 할 뿐 T^T

그렇게 _

나수놈이 머리 꼭대기까지 팽팽 돌아버린 후 정확히 꼭 3일이란 시간이 지났다.

그나마 3일간 아홉 개의 다윗인지 지랄인지를 안 마주 쳐서 다행이었지 혹시 한번이라도 마주쳤으면 일 년이 갔을지도 모른다 ㅜ_ㅜ!!!

"오빠 ^-^ 화 다 풀렸지? 이제 괜찮지?"

"몰라 -_-++++"

"에이~ 다 풀렸잖아 〉_〈"

"내 눈에 다윗 새끼랑 이야기하고 있는 거 보이지마. 알았어?!"

"당연하지 _ 나도 그런 개싸갈탱이 자식이랑은 이야기 하고 싶지 않어 _♪"

나는… 아직도 그 다윗이란 놈이 "나수 녀석 보기보다 눈이 낮군" 이란 말을 뱉은걸 잊지 않고 있었다 -_-+

"정말이냐?"

"그럼 〉_〈"

"피식 _"

며칠만에 보는 웃음이더냐!! ㅠ0ㅠ 나의 삶의 활력소 그 녀석의 미소 _

"아!! 깜빡했네."

"뭘?"

"오늘부터 아르바이트 가기로 했는데_"

_0_;; 뭐?? 아르바이트?? 돈도 많은 놈이 웬놈의 아르바이트? 혹시 아버님 망하기라도 하셨니? ㅜ_ㅜ!!

"갑자기 웬 아르바이트 -0-???"

"뭐 _ 그냥 사회경험 같은 거 너무 안 해본 것 같아서 해보고 싶더라고_"

니가 사회경험을 안 했긴 -_-^ 너같이 다양한 사회경험을 해본 사람도 드물지 -_-^

그나저나 당황스럽구나 _ 아르바이트라니 -0-

니녀석의 드러운 그 성질머리로 과연 며칠이나 견딜 수 있을까 -0-?

"그런데 −_− 과연 오빠가 한 달이나 다 채울 수 있
으.......−_−;;"

"맞을래?"

"오빠 다 채울 수 있을꺼야 ^O^"

···T^T··· 왜!!

왜 나는 대학생이나 되어서도 이렇게 비굴하게 살아야
만 하느냐 _ 도대체 내가 전생에 무슨 죄를 그리도 크게
지었길래!!!

어머님~~~~~~~(여기서 어머님은 나수의 어머니 −_−) 저
는 어머님이 원망스러워요 ㅠO㉑ 이왕 완벽하게 낳으신
거 성격까지 완벽으로 낳아주시면 오죽이나 좋습니까?

"꼬맹아! 나 지금 가야한다 갈게!!"

"으응 −O− 가서 잘 하구 와."

"난 원래 뭐든지 잘해 −_ᄀ"

저놈의 도끼병은 언제나 고쳐지려나 −_−

"그래 오빠는 뭐든 잘하니까 ^-^"

나의 비굴병도 함께 고쳐지길 바래 −_−

녀석이 대도 안한 아르바이트를 한다고서는 횡_ 하니
사라져버리고, 오늘 수업도 끝났고 _ 학교에 남아있을 필
요도 없는데 오랜만에 니코틴년이나 만나러 가볼까??

그리하여 난 니코틴년이 다니는 대학으로 출발!!

니코틴년도 그 머리로 대학을 가긴 갔지 _♬

그것도 정말 안 어울리는 간호학과로 -_-;

지년 성격으로 무슨 환자들을 성심성의로 돌본다는 건지 _ 주사 잘못 놔서 환자 고생이나 시키지 않았으면 하는 바람이다.

아니지……-_-…

니코틴년 성격 때문에 환자들이 오히려 정신질환으로 죽어버릴지도 몰라 -0-

이런저런 생각들을 하다 보니 어느덧 니코틴년의 학교 앞이다.

전화를 걸어요 _ 전화를 _♬

"왜 이년아 -_-+"

전화 받는 꼬락서니하고는 _ 하여튼 그놈의 발신자가 생겨서 더욱더 문제야 문제!!

"학교 앞이다!! 오랜만에 언니가 너 만나로 오셨지_ 흐흐 빨리 나와~"

"별로 와 줄 필요 없는데 -_-"

"ㅜ_ㅜ 정말? 말두 안 돼 거짓말~"(이것 때문에 사발때기 두 사발로 추가되었단 사실을 잊어버렸음)

"이은서 너 오늘 아주 온몸에 주사바늘로 난도질을 당하고 싶구나 -_-+"

"아냐 -0- 친구야 내가 잘못했단다. 얼른 학교 앞으로 나와주지 않으련 -0-?"

"오바 하지말고 −_−^학교 앞에 보면 지젤 커피숍이라고 있어. 금방 갈 테니까 기다리고 있어!"

"오케이~"

#지젤 커피숍

상큼한 종소리와 함께 날 반기는 니코틴년의 학교 앞 지젤 커피숍 _

창가 쪽에 앉아야지 >_< 그래야 밖에 지나가는 사람들이 나의 미모를 보고 눈의 즐거움을 (퍽퍽 퍼버버버버퍽퍽!)

아이 엠 쏘리 −_−;;;

그래도 꿋꿋이! 창가 쪽에 앉아 코코아를 시켜놓고 오랜만에 고독을 씹으며 니코틴년을 기다리고 있는데 내가 고독을 씹는 게 뭐가 그렇게 띠꺼운 건지 시끄러운 소리가 들려온다 _

"미안해… 내가 머 잘못한 거야? 응?? 그런 거면 한번만 봐 주라…"

이건 어디서 많이 듣던 _ 내가 나수한테 빌 때의 레파토리구나 _ 나와 똑같은 레파토리를 쓰는 여자가 한 명 더 있었구만.

아_ 이 동질감 _ 어떤 여자인지는 모르지만 힘내세요 ㅠ_ㅠ 흑 _

26

"이제 이미 끝난 거 깨끗하게 끝내자. 추접하게 매달리지 마라."

헉 -0-

싸워서 비는 게 아니고 헤어지는데 매달리는 거였어?

그나저나 어떤 개싸가지 인지는 몰라도 남자 정말 싸가지 없다. 싸가지가 없는 수준이 아니잖아 완전?

나수 녀석도 예전에 그랬었나? -_-^

"미안해 …그러지 말구…응? 다윗 _… 제발… 한 번만… 한 번만… 나 사랑한다고 했잖아!! 흑…"

여자가 운다… 흑 _ 불쌍하여라 _

잠깐!! 그런데 뭐??? 방금 들었던 이름 어디서 많이 들었던 이름 같은데 _

"다윗… 내가 다 잘못했어… 내가 다 고칠게…"

다윗…… 다윗이라…… 다윗……

혹시 강의실 앞에서 부딪쳤던 그 나수 녀석만큼이나 싸가지 없던 아홉 개의 다윗 자식?

순간 흠칫하여 여자의 우는 목소리가 들리는 쪽으로 고개를 돌려보았는데…

역시!!

예수 그리스도 아홉 개의 다윗 녀석이 맞았다!!

어버버버버 =0=…

그런데 저 자식 여자친구도 있었네 -_-

"하여튼 쪼잔하고 싸가지 없는 것들이 왜 저렇기 인기가…"

다윗 녀석과 눈이 마주쳐 버렸다.

왜 하필 이곳_ 이런 상황에서 눈이 마주쳐 버린거냐고 ㅠ0ㅠ!!

어쩌지~~~~~(ㅡㅡ;)(ㅡㅡ)(ㅡㅡ;)(ㅡㅡ)

다윗놈이 ㅡ_ㅡ;;; 내가 있는 창가 테이블 쪽으로 다가온다.

오 ㅠㅠ 하나님 제발 _!!!

"홍알홍알 아가씨 훔쳐보는 것도 취미인…"

"이은서 너 뭐해?"

나의 구세주 등장 _ 주희야 정말정말 타이밍 굿이야~ T^T)b

"친구가… 왔군 ㅡ_ㅡ^ 홍알홍알 아가씨 방금 듣고 본 거는… 알지?"

"(ㅡㅡ)(_)(ㅡㅡ)(_)"

"훗 _ 그럼 잘 놀다 가 _"

살았다!!

주희야 정말정말 고마워. 넌 정말 나의 영원한 친구야 (꼭 이럴 때만 ㅡ_ㅡ;)

"주희야 정말 고맙구나 ㅠ^ㅠ!!"

"미친년 _ 또 머 잘못 먹었냐? 그나저나 저 남자 누구야? 니가 나수 오빠 말고도 저렇게 잘생긴 사람을 알다니 _ 미스테리한 일이야~"

영원한 친구라고 했던 거 살짜쿵 취소하고 싶어지는구나 -_-^

"아니 글쎄~ 나수 오빠랑 웬수인 놈인데 글쎄 이름이 다윗이다?? 푸하하하하 웃기지 않냐? 게다가 ~ 어쩌구 저쩌구 속닥속닥 _"

나는 니코틴년에게 그동안 다윗놈이랑 연관되며 험난했던 나의 새내기 대학생활(그래봤자 보름정도 -_-:)을 얘기했다.

"푸하하하하하 뭐?? 이름이 다윗? 지가 무슨 예쑤 그리스또 아홉 개의 다윗이냐?"

29

=_=… 친구야… 넌 정말 내 친구가 맞았구나. 어찌 그리도 내가 처음 했던 말과 철자 하나도 안 틀리고 말하니?(작가의 농간이지 =_=v)

"야!! 그런데 지가 잘 생기면 다야? 지가 먼데 여자를 그렇게 비참하게 만들어~ 염병할 --^"

……-_-……

그러는 지년도 지 애인 지운이의 꽃미소에 홀라당 넘어가 버리면서 _

"내 말이 그 말이지 -0-"

"야_! 그나저나 우리 오늘 뭐할까??"

"글쎄다 -0-"

"야_!! 내가 지운이도 안 만나고 너한테 왔는데 뭐?? 모른다고??!!!"

거 참 _ 학교가면 매일 보는 애인이면서 드럽게 치사하게 구네 _

"야!! 어차피 학교 가면 매일 보면서 왜 그러냐??!! 게다가 우리 할 일 없는 건 사실이잖아!!!"

"뭐… 그렇긴 하지만! 그래도 이제 20살이 되었으면 제발 폐인짓거리는 좀 벗어나 보자!!! 정말이지 지긋지긋하다 지긋지긋해!!"

친구야 나도 벗어나고 싶단다 ㅠ_ㅠ 하지만 너무 오랜 습관으로 방법이 없는 걸 어떡하겠니 흑 _

순간 언뜻 머릿속에서 스쳐 지나가는 고등학교 때의 칠공주 중 일원이었던 C양 -0-

"주희야 -0- 근데 내 왜 갑자기 C양이 생각나지?"

"갑자기 걘 또 왜! 우리 놀러갈 궁리하는…… 맞다!! 은서야! 우리 나이트 가자!!"

…=_=……

나이트… 내가 제일 싫어하는 나이트… 결코 내가 춤치라서 그런 게 아니다. 정말 이 난리일까!! 믿어달란 말이야!!

난 시끄러운 데는 딱 질색이란 말야!!

고등학교 때 C양 따라 나이트 끌려갈 때마다 고막이 터질 듯한 음악소리에 얼마나 고통스러웠는데 _ 정말 니들이 한번 당해 봐야해 ㅠㅠ!!

"나이트…=_= 안 좋아하는 거… 알면서… 게다가… 나 나이트 가서 부킹한 거 나수 오빠한테 걸리… 면 죽음… 인 거 잘 알잖니 -_-;"

"야_!! 그렇게 치자면 나는 뭐 지운이 없냐??!! 가자면 가는 거지 무슨 말이 그렇게 많어! 부킹은 안 하면 될꺼 아냐!!!"

나이트 가서 부킹을 안 한다는 게 어디 말이 되느냐 -_-솔직히 나이트 부킹 하러 가지 춤추러 가는 사람이 몇이나 있다고_

"그래도…"

"-_-++++ 지운이두 냅두고 나왔다고 했지??"

"갈게! 갈게. 가면 될꺼 아냐 ㅠㅠ!!"

"진작 그럴 것이지 -_-^ 야 _! 빨리 일어나 가자!!"

그리하여 결국은 니코틴년에게 질질 끌려 나이트로 향하는 나 ㅠ_ㅠ

31

#나이트 안 _

으아아아 _ 고막 터질 것 같구나 _ 짜증짜증짜증 -_-

++++++

"야야 _ 오늘 진짜~~ 물 좋다. 어떡해~~O〉.〈O"

이년아 너는 내가 내일 당장 나의 사랑스런 친구 지운이한테 다 꼬질러 버릴테야 -_-^

귀찮아 _ 모든 게 다 귀찮아 _ 술이나 마셔야지 _

삐까뻔쩌그리한 매우 부담스러운 조끼를 입고 이름과 매우 안 어울리는 "장돈건" 웨이터가 주문을 받으러 들어왔다.

그때 그 시절 -0- 내가 어렸을 적 _ 나수 녀석과 조폭 사촌님들을 만나러 나이트 갔을 때 우리를 맞이하였던 원빈이 생각나는구나 _ 그래도 그때 그 원빈이 훨씬 나았어 -_-

32

아마 동건이 오빠가 이 사람의 얼굴을 본다면 그동안 살아온 인생에 회의를 느끼며 당장 아스팔트에 면상을 갈고 곱게 사시미로 회쳐버릴 것 같은 오싹한 예감이 드는구나 -0-

대충 기본안주와 맥주를 시켜놓고 시원~~~~~~하게 한 잔 들이키고 있는데 _아무리 생각해도 너무 아닌 -_-; 웨이터 "장돈건"이 다시 우리 테이블로 왔다.

"언니! 부킹하고 싶지?? 내가 부킹 시켜줄게 가자 ~~~"

주희야 _부킹 안 한다고 약속했었지? 나는 조용히 니코

틴년에게 야림을 줬는데도 저 쓰글년은

"어머어머 _ 어디요?? 룸이에요?? 가자 가자 _♬ 은서야 너 머하냐? 빨리 일어나~"

내가 이럴 줄 알았어 ┬0┬!! 그저 제발 무사히 이 나이트를 나갈 수 있길 기도해 _ 하지만 오늘 낮부터 다윗 자식을 만난 게 아무래도 불길하구나 ㅠ_ㅠ!!

다시 한번 결국 니코틴년과 웨이터 "장돈건"에게 질질 끌려 어느 한 룸으로 들어간 나 _

웨이터 "장돈건"과 같이 면상을 갈은 듯한 한 놈이 앉아 우리를 맞이하고 있었다.

부킹 하다가 걸려도 잘 생긴 놈이랑 하다가 걸리면 억울 하지라도 않지 ㅠ_ㅠ (갑자기 예전 성일고 변태놈한테 당할

33

뻔했던 고딩 시절이 생각남-_-;;)

제발 오늘은 절대!! 걸리면 안돼!!

"아 _ 오셨네? ^-^ 친구가 잠깐 화장실을 가서요~ 조금 있음 들어 올껀데 일단 앉으시죠_"

"아… 안녕하세요 ^^;;"

어색한 웃음을 지어주는 나 _

니코틴년은 자기가 한다고 오케이하며 나를 이곳까지 끌고 와놓고선 상대방의 얼굴을 보더니 아예 상대도 않고 들어오자마자 술만 마시고 있다 =_=

내가 다시 너랑 나이트를 오나 봐!!

결국 나도 함께 계속해서 혼자 씨부리고 있는 면상같은 놈을 조용히 쌩까주고 술을 마시고 있는데_

"어?? 들어왔냐??"

친구 왔나부네_ 거참 화장실에서 빠졌다가 왔나? 일찍도 온다 -_-^

친구놈도… 그만큼 면상을 갈은 건 아니겠지? 그러기만 해봐라. 내 아주 걸리고 지랄이고 둘다 싸잡아 패대기를 쳐버릴텡께. 아니 그놈의 웨이터 새끼도 같이 패대기 쳐버려야지 -_-+

"야! 머야 _ 웬 여자들이야! 누가 부킹하랬어!!!"

들어오자마자 친구에게 왜 부킹을 했냐고 짜증을 부리는 화장실을 다녀온 나머지 한 놈 _

야이 자식아 -_-^ 우린 뭐 부킹하고 싶어서 했는 줄 아냐? 그리고 이렇게 생겼을 줄 알았음 절대!! 죽어도 안 했어!!

"이봐욧 _!! 누군 뭐 하고 싶어서…!!! 으아아아아아아아아악!!!"

"어라?? 홍알홍알 아가씨??"

오 _ 하나님 ㅠ_ㅠ 왜 이 어린양을 이런 시험에 들게 하시나이까!!

"하… 하하 T^T 안… 녕… 하세요…"

"어라?? 아는 사이??"

당신은 좀 닥치고 저리 가있으슈 ㅡ,.ㅡ^^ 고맙게도 다 윗놈의 새끼 내 맘을 읽었는지 면상갈으신 친구놈께 조용히 야림을 주었다.

야림을 받으신 친구분 정말 거짓말같이 닥치시더군 _

"홍알홍알 아가씨 부킹도 하는구나? ^-^* 나수도 아는 건가? 그 녀석 성격 많이 변했나보네 _"

사악한 놈_ 누가 나수놈과 웬수 지간 아니라고 할까봐. 어찌 그리 성격도 똑!! 같이 닮았느냐!!

"하하 -0- 설마 오빠가 성격이 변할 리가 없겠죠 -0- 제가… 낮에 일을…"

"그러니까 낮에 일 비밀로 해줄 테니 지금 일 나수한테 비밀로 해달란 거지? 홍알홍알 아가씨 지금 나와 거래하자는 건가?"

당신들은 독심술까지 라이벌로 배웠냐?

"네 ^-^;; 그렇게… 해 주실꺼죠?"

과연… 이 싸가지 없는 새끼가 해줄까?

"그래 ^^ 뭐 _ 그 정도야 해줄 수 있지."

웬일이니 =0=)~ 너두 조금은 괜찮은 놈이었구나?

"*^^* 고마워요."

"그런데 홍알홍알 아가씨? 꽃 띄운 거 매우 안 어울린다 ^-^ 좀 떼지 그래?"

젠장!! 너 그 녀석이랑 웬수인 게 아니고 혹시 쌍둥이 아냐?? ㅠㅠ!!

"뭐… -_-; 그러죠."

"말 잘 듣는구나? 그나저나 나 오늘 일 입 다무는 대신 조건이 있는데 ^-^"

+ㅁ+ 뭐라!!! 내가 낮에 일 눈감고 니가 밤에 일 눈감으면 계약 끝인데 무슨 놈의 염병할 조건이란 말이냐!!

"제가… 낮에 일… 모른 척… 하겠다는데 무슨 조건… 을 -_-;;"

"그건 원래 모른 척 해야하는거구 ^-^"

TㅅT 제길! 그래 니놈 다 해먹어!!!

"조건이 뭐죠? ㅠㅠ?"

"나한테 오빠라고 불러."

……= _=……

써글넘의 새끼 내가 나보다 나이 많이 먹어도 나수놈 이외에는 오빠라고 안 하는 거 (시창님 제외) 우리 과 사람 들은 다 아는데 TㅅT

"저기…-_-;; 그건 좀…"

"그래? 그럼 나수한테 너 부킹한 거 말해도 돼?? 게다 가 부킹 상대가 나란 걸 알면 꽤 타격이 클텐데~"

아 _ 하나님 당신은 너무 잔인하십니다.

"그래도… TㅅT"

"좋아 그럼 내가 양보하지. 선배라고 불러. 선배님까지는 바라지도 않을게. 선배라고만 불러. 어때?"

아주 선심 크게 써주는구나 _ 고맙다 고마워! 고마워서 눈물이 앞을 가리는구나!!

저런 싸가지 자식한테 그것도 내가 젤 사랑하는 그 녀석이 제일 싫어하는 웬수 녀석한테 선배란 말을 해야하다니…

하지만……–_–……

다윗 녀석에게 선배란 말을 하는 일보다 나수 녀석이 내가 부킹 했다는 사실을… 그것도 저 다윗 녀석이랑 했단 사실을 아는 게 더 무서웠다 ㅠ_ㅠ

"그… 러죠…"

"지금 해봐."

"왜욧!!!"

"싫어? 나수 녀석 전화번호가……"

"아니… 그게… 다윗 선배 –0–!!"

으아아아악 ㅠㅠ 해버렸어!! 해버렸다고!! 어떡해 _!! 흑 _ 그래도 나보다 나이 많은 남자들한테는 형_이란 호칭으로 버텨왔었는데 이 비러머글 다윗 녀석에게 선배란 말을 해버리고 말았어!!

"하하… 절대 선배소리 안 하기로 소문난 1학년 이은서 양에게 선배소리를 듣다니 매우 영광인걸?"

제길–_–;;

너는 나수놈보다 더 나쁜 악마새끼야!! ㅠ_ㅠ!!

낄낄대며 웃어대는 다윗놈의 면상때기를 보니 내가 좋아하는 절대조각 꽃미남인데도 불구하고 마구 회쳐버리고 싶은 충동이 드는구나!

다윗놈과의 협상을(거의 협박이었음) 끝내고 남겨진 면상갈린 친구님과 니코틴년을 봤을 때 둘은 나란히 탁자 위에 뻗어있었다 -_-……

지운이에게 전화해 니코틴년을 실어 보내고 지친 몸을 이끌고 집으로 들어온 나 _

오늘은 다윗놈을 두 번이나 마주치고… 거기다가 계약까지 ㅠ0ㅠ

38

정말 재수 드럽게도 없는 하루였어 _ 으으으으윽!!

다음에 재수 없는 하루로 제목을 지어 영화를 한번 찍어봐야겠다 _

주인공: 이쁜 이은서(미안 ㅠ_ㅠ) 예쑤그리스또 아홉 개의 다윗새끼 _

"언니 이제 들어와?"

오랜만에 등장한 아영 _

"으응…-_-;;"

"오늘 수업도 두 개 밖에 안 들은 날 아냐? 그런데 왜 이렇게 늦게 들어와?"

저 기집애가 내가 수업이 두 개밖에 안 들었다는 걸 아는 이유_ 나랑 나수놈 시간표가 같기에… 문제가 있다면 아영이는 나의 시간표를 외우는 게 아니라 나수놈의 시간표를 외운다는 거지 -_-;;

"으응 _ 나이트 갔다 왔거든."

흡 _!!! 이런_!!! 조심해야 할 국가기밀 사항을 아영이한테 말해버리다니_!!

"그래? ^-^ 나수 오빠도 알어? 히히!! 그런데 언니 오늘 옷 디게 이쁘다? 전부터 한번 입어 보고 싶었는데 ^0^"

젠장 -_-+

이대로는 왠지 아영이에게 옷을 뺏겨버릴 것만 같은데 _!! 참!! 가만히 생각해보니 오늘은 무기가 있었지?

그렇게 입고 싶었어? 그런데 ~ 나 오늘 나이트 주희랑 갔다왔어 흐훗_ 주희가 안가면 죽인다고 협박을 하더라고 ^-^"

"하하하하핫 -0-… 그래 ? -0-? 사실 이쁘긴 한데 나한테는 안 어울릴 것 같애. 그냥 언니가 계속 입는 게 낫겠다 ^-^;;"

그랬다. 제아무리 잘나고 무서운 사람이라도 뛰는 놈 위에 나는 놈 있다고 했고 천적은 있기 마련이라고 했으니 니코틴년은 나수놈이 천적이었고 아영이년은 니코틴년이 천적이었던 것이다 -_-;;

니코틴년을 이용해 아영이를 한방에 찌개 버린 후

= _ =v 방으로 들어왔다.

　하루만에 다윗놈을 두 번이나 만나고 시끄러운 나이트까지 다녀오니 나의 연약한 몸(퍽퍽!!)

　미안 ㅠ_ㅠ 튼튼한 몸으로 수정할께.

　튼튼한 몸이 으스러질 것 같다 _

　자야지…… 오늘의 악몽은 잊어버리고 편히 잠들자꾸나 T^T

　나의 사랑스런 푸우 잠옷으로 갈아입은 후 _ 침대에 누웠는데 하여튼 꼭 내가 잠 좀 자볼려구 하면 전화질하는 그 녀석 - _-++

　"왜…… - _-;;"

　"왜?? 지금 서방님이 전화를 하셨는데 왜라구 했냐?"

　"아니요 ㅠ_ㅠ 무슨 일이신지요."

　"나 2시 되면 알바 끝나니까 지금 가게 앞으로 와."

　"응?? 뭐라구??"

　뚜… 뚜…… 뚜………

　이미 끊겨버렸다고 뗴뗴 거리는 전화기 - _-ㅋ

　찌발!! 피곤해 죽겠단 말이다. 나두 잠 좀 자자!! 잠 좀!! ㅜ0ㅜ

　그런데… 가도 어딘지 알아야 가지 - _-^ 니가 아르바이트한다는 것만 가르쳐줬지 어디서 하는지 가르쳐 줬었냐!!

결국… 난 피곤에 지친 몸을 이끌고 옷을 갈아입고…
다 지운 화장 다시 하기 귀찮아 ㅡ_ㅡ;; 자다가 일어난 맨
얼굴로 집을 나섰다.

　대문 앞에서 녀석에게 전화를 건 나_

　"도대체 어디로 오라구!!"

　"내가 가게 어딘지 안 갈쳐줬었냐? ㅡ_ㅡ"

　바보 같은 녀석 ㅡ_ㅡ 맨날 나보고 바보 찔찔이라고 놀
리더니!! 자기나 잘하시지!

　설마 그동안 나랑 다녀서 그렇게 된 건 아니겠지? ㅡ_ㅡ;

　"안 갈쳐줬잖아! 빨리 말해."

　"이게 어디서 승질이야 승질이!! 죽을래??"

　"그래 ㅠㅠ 알았다고 _ 미안해 _ 미안해 _ 미안하니까
빨리 위치나 말해."

　"일단 택시 타고 동아호텔 앞에서 내리면 바로 앞에 나
이트 하나있어. 거기 지하가 나이트고 1층은 레스토랑이
야. 거기 레스토랑으로 들어와."

　"알았어. 끊어~"

　새벽 1시가 넘은 시각_ 난 택시를 잡아타고는 결국 녀
석이 일한다는 동아호텔 앞까지 갔다. 호텔 앞에 내리자
마자 보이는 나이트클럽_ 오늘 나이트를 대체 몇 번이나
가는 거야 ㅡ_ㅡ;

　지하 나이트로 내려가는 길에서 약간 방향을 틀어주니

레스토랑이 보이는군.

　레스토랑 안으로 문을 열고 들어갔는데……

　오오오오오오옷 +_+ +_+ +_+ 멋져 _ 멋져 >_<!!

　엄청나게 넓은 홀에 무슨 오케스트라 정도는 되어 보일 듯한 관현악단이 음악을 연주하고 있고 바닥은 대리석이라도 되는 듯 번쩍거리고 있었다 -0-

　삐까뻔쩌그리한 레스토랑 안에서 내가 어찌해야 할 바를 모르고 있을 때… 걸려오는 전화 _

　"어디야?"

　"응 _ 레스토랑 안으로 들어왔긴 했는데 도대체 어디가 어딘지 모르겠어 -0-"

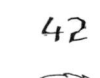

42

　"그래? 잠시만 기다려."

　이윽고 내가 서있는 곳으로 찾아온 그 녀석 _ 웨이터용 조끼를 입고 있는데…… 왜 그렇게 어울리니? =_= 하여튼 잘 생긴 것들은 뭘 해도 어울리는구나!!

　"꼬맹아! 너 설마 그 얼굴로 여기까지 온 거냐?"

　"응 -_-; 왜?"

　"언제나 느끼는 거지만 넌 참 용기 있는 애야. 지금부터 나 모르는 척 해 -_-++ 그리고 나랑 여기서 나갈 땐 화장하구 나가! 알았어? 화장품 가지고 왔지??"

　이런 빌어먹을 자식!! 티비에서 보면 여자친구가 맨 얼굴로 나타나고 그럴 때

"넌 맨 얼굴이 더 이쁘구나 ^^"

이런 말을 해주던데 _ 혹 내가 이미 니녀석 한테는 그런 말조차 바라지도 않지만 그래도 너무하는 거 아니냐!! 나갈 때 화장을 하고 있으라니!! ㅠㅠ^ 그렇게 내게 협박을 한 녀석은 날 데리고 좋고 넓은 홀을 지나 자꾸만 자꾸만 구석진 곳으로 데리고 들어간다 _

저 넓고 좋은 홀을 두고 왜 난 이상한 곳으로 끌고 가는 거야 -_-^

짜식_ 아르바이트하는 곳까지 와서 분위기 잡을려고 하는구나?

오후동안 나 못 봐서 어떻게 견딘거야~~~~~)_<

하지만 도착한 곳은 직원들의 락커실……-_-……

"여기서 뭐하라구?"

"여기서 나 마칠 때까지 기다려."

"뭐??"

"어디서 소리를 질러!!!"

"그래도 너무 하잖아!!"

"그러게 누가 이렇게 빨리 오라냐!! 그래서 내가 일부러 2시 마친다고 이야기해 줬잖아!!"

하여튼 새끼 빨리 와줘도 지랄이야 _ 이 새벽에 나와준 것만으로 감사할 것이지~ 정말 내 애인이지만 작두로 모가지 댕강 쳐버렸으면 좋겠어!

"대체 여기서 멀 하고 있으란 거야 ㅠ_ㅠ"

"키위주스 하나 가져다 줄 테니까 마시고나 있어."

"우웅 _ 정말?"

"그래 -_-^"

키위주스 하나에 넘어가 버린 나 -_-V

정말이지 내가 생각해도 한심스럽지만 그래도 먹는 게
좋은걸 어떡해 -_-;

녀석이 어디론가 전화를 하자 웬 놈이 키위주스 하나를
가지고 우리가 있는 락커룸으로 들어왔다.

"형!! 여기요…"

"어… 그거 재 좀 줘."

"예 _ 어? 그런데 이분은 누구? 형 애인이에요?"

"우리집에서 키우는 찔찔이_"

-_-^ 젠장 처음 보는 사람 앞에서까지 그딴 식으로 소
개를 하다니!!!

그렇게 알 수 없는 놈이 내 앞에 키위주스를 놓은 채 나
가자 녀석도

"갔다올께."

라며 레스토랑 안으로 횡_ 하니 나가버렸다. 뒤이어 그
녀석도 나가고 키위주스를 시식할 시간 >_<

나를 반기는 빨대를 살짝 쓰다듬어 준 뒤 쪽_ 하고 빨
아 당기자 상큼한 키위가 갈려진 상태로 시원하게 목구멍

을 타고 흘러 들어왔다.

비싼 레스토랑이라 그런지 키위주스도 정말 맛있구나!!
어떡해~~~~~~~~~~OT^TO

키위주스 한 놈을 금세 해치워버리고 빈 컵만 바라보며
쓰라린 가슴을 애태우고 있으니_

"이제 마쳤어?"

"어 _ 옷 갈아입고 나가기만 하면 돼."

"그래?〉_〈 얼른 갈아입어~~"

"-_-++++++ 수 쓰지 말고 안 나가?"

우웅웅 _ 젠장 들켰다!! 녀석 좋은 몸을 볼 수 있는 기회
였었는데!!

45

"왕 치사해 ㅠㅠ"

평소 때는 못 보여줘서 난리인 놈이 그냥 보여주면 될
것을 꼭 이럴 때만 비싼 척 해요 -_-^

락커실을 나와 문 앞에서 기다리고 있노라니 반대편 여
자 락커실로 기집애들이 들락날락 거린다 _ 모두 이렇게
한마디씩하며…

"설마 나수 오빠 애인은 아니겠지?? ㅠㅠ"

"설마~ 오빠가 그렇게 눈이 낮겠어? 눈 엄청 높을꺼
같아서 대쉬도 못해보고 있는데_"

저런 감자탕에 처넣어 밥 말아먹을 것들 같으니라고
-_-+ 그 녀석과 함께 일하는 여자웨이터들을 오징어 씹

듯 질겅질겅 씹어주며 5분 정도 서있으니 녀석이 옷을 갈
아입고 다시 나왔다.

"가자."

"응 _"

이럴 때 보면 가끔 정말로 내가 녀석의 똥개 새끼인 것
같애 _

주인: "메리 쫑쫑 일루와 가자."

강아지: "멍멍"(쫄래쫄래 따라감)

젠장 _ 정말 영락없는 똥개 새끼군 ㅠㅠ

"밥 먹었어?"

"아니."

"그래?? 밥 먹으러 가자."

"응 〉_〈"

똥개 새끼라도 좋아 _ 녀석과 함께라면♬

우리가 밥을 먹기 위해 들어간 곳은 새로 생긴 갈비탕
집 _ 정말 먹음직스럽게 나온 갈비탕 _ 10분만에 갈비탕
일 인분을 다 해치우고 _

"하여튼 -_- 먹는 건 여전해 _ 하나 더 시켜."

"배불러 -0-"

"거짓말하는 건 변함 없지 -_-^ 그냥 시켜먹어. 몇 년
이 지났는데 아직도 똑같은 소리냐?"

"-_-; 그래."

46

결국 1인분을 더 시키고 -.-

또다시 열심히 먹었다. 그렇게 열심히 먹고 있는 날 보며 흐뭇한 듯 미소짓는 녀석 _

무흘흘 -_-)* 그래도 역시 너도 내가 먹는 모습만 봐도 행복한가 보구나?(<-착각은 자유)

맛있는 갈비탕을 먹고 밖으로 나온 우리 _

"이제 어디가?"

"어디 가긴 뭘 어디가 _ 집에 가야지."

이런 _ 젠장할!! 결국 밥 한끼 먹을라구 이 새벽에 불러낸 거였냐?? 앙??

"-_-;;…… 정말 집에 가?"

"가기 싫음 이 동네 한 바퀴 돌다가 가던가 -_- 따라와 _"

요우요우 -0- 이건 아니잖아 ㅠ.ㅠ 하지만 _ 결국 나수놈을 따라 알 수 없는 이 곳을 한 바퀴 돌고 있는데 이 동네 유난히 아르바이트 구한다는 쪼가리가 붙여진 가게가 많다.

나두… 아르바이트나 해볼까?? 어차피… 나수놈 오후에 알바 가면 혼자 할 일도 없을 텐데…(<-친구가 없음-_-;) 그러다 마침 눈에 확 _ 들어오는 아디다스 스포츠 매장의 알바 구함의 쪼가리 +_+

오오~~ 저거야 저거!! 어라?? 그런데 알 수 없는 말이

하나 있네?

『아르바이트생 구함 이.사.주 지참』

이.사.주 지참은 또 무어란 말인고~~~~~그냥 아르바이트시키면 되는 거지… ‑_‑…궁금하다… 궁금하다… 이.사.주… 가 뭘까…=_=…(여기서 정말 닭대가리란 사실 들통남)

"오빠 이사주가 뭐야? ‑_‑?"

"꼬맹아?"

"응."

"장난 치는거야?"

"응?? 머가 ‑0‑ 이사주가 머냐고 물었더니 웬 뚱딴지 같은 소리야_"

"너… 설마 진짜… 설마 이사주도 몰라??"

"그게 먼데 ‑_‑"

"으아아악!! 너 진짜 바보 아니냐? 어떻게 대학생이나 된 기집애가 이사주도 몰라!"

"아_모르니까 물어본 거지!!"

"어이구!! 속 터져!! 진짜!! 이력서, 사진, 주민등록등본 아냐!! 하여튼 너 같은 돌대가리가 정말 대학은 어떻게 들어왔는지 신기할 뿐이다. 공부 좀 해!! 아니 넌 상식부터 좀 쌓아라!!"

그런거였군_근데…‑_‑… 사람이 살다보면 모르는 게

있을 수도 있는 거지 왜 맨날 돌대가리래는 거야!!

　씨잉 ㅠ_ㅠ 나수놈을 오열차게 꼴아보자 -_-++

　"니가 그렇게 꼴아보면 니눈에서 레이져 빔이라도 나오냐? -_-"

　나는 영원히 저 녀석을 이길 수가 없나봐 ㅜㅜㅜ 이길 방법을 강구할 바에는 차라리 영원히 돌대가리로 살아가는 게 나을 것 같애…

　"야_ 돌빡! 우리 세 바퀴나 돌았어. 그만 집에 가자."

　그래그래 차라리 집에 가서 어서 잠이나 자자 ㅜ_ㅜ

　"웅, 그래."

　나수놈의 차를 뿡뿡 타고 집으로 도착… 나는 세기의 싸가지들 다윗놈의 새끼와 나수놈을 만난 힘들었던 하루를 마감하며 겨우 새벽 5시가 되어서야 잠이 들 수 있었다.

　3시간 자고 아침 8시에 일어나 초특급 울트라 캡숑 나이트 짱 페인으로 학교로 출발 ⋯-_-;;

　학교를 돌아다니는데 인간들이 자꾸만 쳐다본다. 화장 안하고 페인의 모습으로 학교 오면 안되냐!! 왜 동물원의 원숭이 마냥 쳐다보난 말이다 -_-++!!

　동아리실 도착…=_=…

　여기서 안타까운 사실을 한 가지 전하자면 시창이넘의 꼬임에 내가 들어간 동아리는 나수놈과 다윗놈의 새끼도

있었다는 것이다 -_-;;

　다행히 동아리실에는 시창이 녀석 밖에 없고 _ 시창이는 완전 개무시한 채 폐인 모습 탈출 대작전 시작 +_+^

　찍고 바르고 분주히 움직였다. 이리 바쁜 나에게 또 태클 거는 시창이놈

　"은서야 +_+ 근데 넌 찍고 발라도 그대로니? 참… 신기하다."

　_ _ +++ 개색!! 니놈은 나보다 더 심한 게 어디서 주둥아리를 놀려? 좋게 말할 때 닥치거라 -_-^

　"시끄러 -_-+"

　"ㅋㅋ 근데 은서야~ 우리 내일모레 MT 가는 거 알어??"

　"무슨 말이야?? ㅇ_ㅇ?"

　"응 내일모레 MT간다고 ^0^ 너 MT 처음가지? 아~~~~~이번엔 신입생들도 들어와서 정말 기대된다 〉_〈"

　굳이 그렇게 기대할 필요는 없는 듯 한데 심하게 기대하는 구나. 시창아 -_-

　하지만 나도 은근히 기대되는걸 ? *-_-*

　처음 가는 엠티 〉_〈

　으흐흐흐

　게다가 나수 녀석도 분명 함께 가겠지 _?

　좋아_!! 아리따운 추억을 만들고 오겠어 -0-!!

룰루랄라_ ♬

"야 _ 너 머해? 강의 안 들을꺼냐?? 빨랑 나와!!"

"응 -0-"

어느새 강의 시간이 되었는지 동아리실로 날 데리러 온 그 녀석 _ 녀석과 함께 가는 강의실 _ 그런 와중 전화가 온다 _

옛날 옛날에 한 옛날에 다섯 아이가_ ♬ (←세월이 지나도 변함 없는 벨소리)

"여보세요 -0- ♬"

"개깡년님 ㅠ^ㅠ!!"

- _ -;; 아주 오랜만에 듣는구나 개깡년 -0-

"그래 정우야 ㅠ^ㅠ!! 흐흑 _ 얼마만이니 흐흐흑 _"

"개깡년님 너무 보고싶었어요 ㅠ^ㅠ 나 너무 힘들어!! 날 좀 구해 줘. 제발 _!!!"

"그래그래 _ 얼마나 고생이 심하니 _ 흐흑 정우야 힘내!! 조만간 내가 면회 갈터이니!!!"

"정말? 역시 개깡년님 밖에 없사와요 ㅠ^ㅠ!!"

오랜만에 걸려온 군대간 정우놈의 전화_ ♬

둘이서 한참 오두방정을 떨어내고 있노라니 옆에 있던 나수녀석 내 옆구리를 쿡쿡 찌른다.

"야!! 조용히 좀 안 할래?!?! 복도가 떠나가겠다!!"

녀석 ㅡㅡ 정우가 지한텐 전화 안하고 나한테 전화 왔다고 또 질투하기는 ㅡ

"아 ㅡ 전화받고 있는데 왜 그래!! 머 사람도 별로 없구만 ㅡ0ㅡ 어머 ㅡ! 그래 정우야 미안해 ㅡ 옆에서 오빠가 자꾸 말시키잖아 ㅡ♬"

"형아는 대체 왜 그런데?? 하여튼!! 그나저나 개깡년님 너무 보고싶어 ㅠㅠ"

"나두나두 ㅠㅠ 정우야 보고싶어!!"

휙 ㅡ

정우야 보고싶어 ㅡ 소리치는 동시에 내 귀에서 갑자기 획 ㅡ 하는 소리를 내며 사라져버린 핸드폰 ㅡ

모… 모지 ㅡ0ㅡ?

고개를 돌려보니 어느새 핸드폰은 나수 녀석의 손이 들려있었다.

뜨아 ㅡ!! 또 보고싶단 소리에 질투한 거구만?? 핸드폰을 자신의 귀에 갖다대는 그 녀석 ㅡ

"야!! 너는 군대 갔으면 나라나 잘 지키지 전화는 웬 전화질이야!! 끊어!!!"

매정하게 핸드폰을 닫아 버리는 그 녀석 ㅡ!!

"뭐야 ㅠ^ㅠ!! 왜 그냥 끊어버리는 거야!!"

"군대간 녀석이 나라나 잘 지키면 되지 전화는 웬 전화야!! 국가인력 낭비야!!"

"그러는 오빠는 군대도 안 갔으면서 웬 잘난 척이야!! 왜 남의 전화를 멋대로 끊어버리는 건데!!!"

"뭐야??!! 내가 가기 싫어서 안 갔냐!! 야 _! 그리고 나도 엄연히 군대 갔다 왔어!!"

"쳇 -_-^ 그래봤자 동사무소에 출근했던 거 밖에 더 있어 -0-??"

"어쭈? 지금 반항하는 거냐? 시끄러!! 강의 시작할 시간 다 됐으니까 빨리 들어오기나 해!"

"어금니 네 개 없어서 군대도 못 간 주제에 맨날 큰소리야 -0-!!"

"죽을래!!"

그랬다 -_- 녀석은 어금니 네 개가 없다는 이유로 군 입대가 불가했던 것이다 _

53

불쌍한 녀석 >_< 뭐 _ 나야 어차피 녀석이 군대 안 가서 좋았긴 했다만 모든 것을 완벽하려 하는 녀석에게는 크나큰 충격이었지. 대체 어금니가 네 개나 없이 밥은 어떻게 먹었을까?? 아직도 궁금해 -0-

아 _ 그나저나 정우야 ㅠㅠ 이렇게 전화가 끊겨버리다니!! 보고싶구나!! 흐흐흐흐흑 _

수업이 모두 끝나고 _♬ 시창이는 엠티가는 일에 대한 의논을 하자고 모두 동아리실로 모이라고 했지만 나수녀

석은 철저히 무시한 채 아르바이트를 하러 가버렸고 나
또한 그냥 못들은 척 집으로 와버렸다.

오랜만에 일찍 집에 들어온 나_♬

맛사지나 해야지_ 즐겁게 맛사지를 하는 날 보며 우리
마귀 아줌마는 매우나 못마땅한 표정이었다.

"하여튼 간에 하는 일도 없는데 맨날 저지랄이야!!"

"엄마는 -0- 내가 하는 일이 뭐가 없어! 학교 다니잖
아 학교!!"

"학교 다니는 게 뭐 대수냐? 대수?!! 맨날 학교에 돈만
퍼다주고 있는 거지! 으이구~!! 옆집 사는 동상이는 이번
에 장학금 받고 학교 들어갔댄다!! 그런데 넌 머야??"

"건강하게 살아있는 것만으로도 만족해야지 무슨 장학
금까지 바래!!"

"시끄럿_!!! 으이구! 망할껏_"

그러면서 내가 얇게 저며 논 오이는 왜 씹어먹는건데?
_ _ ^

쳇_

얼굴엔 오이를 붙이고 침대에서 뒹굴뒹굴_

얼마만에 가져보는 휴식인지♪ 이런 게 진정 사람이 사
는 행복이라고 할 수 있는 거지 >_< 좋아좋아 ♩

한참을 그렇게 침대에서 뒹굴거리다가 어느새 나도 모
르게 잠이 들어버렸다… 그리고 내가 항상 잠들면 울려

54

퍼지는 나의 핸드폰_

옛날 옛날에 한 옛날에 다섯 아이가 _♬

"으으… 여보세요…"

"헉… 헉…"

"누구야…"

"아…"

웬 신음소리야… 혹시… 변태 -0-??

"야 _!! 너 누구야!!"

놀래서 침대에서 벌떡 일어남과 동시에 나의 얼굴에서 두두두두 떨어지는 오이찌꺼기들 _ 하지만 지금은 그런 게 중요한 게 아니었다_

"헉! 헉!! 하…"

"야이 자식아 _!! 너 도대체 누구야!! 지금 어따대고 장난질이야!!"

"꼬맹아… 학… 학…"

-0-… 헉 _ 설마 그 녀석?

"오빠야?? -0-??"

"어… 하… 하…"

"오빠 왜 그래 -0-?? 응?? 왜 그러는거야!!!"

"씨발… 아파 뒤지겠다."

"왜!! 어디 아파?? 응?? 지금 어딘데!!"

"니네 집 앞…"

"알았어! 꼼짝 말고 기다려!"

무슨 일이지?? 대체 무슨 일인거야!! 김나수 그 동안 성격 조금 죽이고 잠잠하더니 대체 또 무슨 사고를 친 거냐 ㅠㅠ!!

이것저것 생각할 겨를도 없이 바로 집 앞으로 뛰쳐나갔다. 집 앞에 보이는 커다란 그림자 하나 _!!!

"오빠!!"

"쉿!! 조용히 해 _"

"으… 으응… -0-… 그래… 머야!! 어떻게 된 거야~! 아르바이트 안 갔어??"

"하… 하… 조용히 좀 하고 지금 안에 들어가도 되냐??"

"지금?? 지금 엄마 아빠 다 거실에서 티비보고 계신데…-0-…"

"씨발!!"

"왜 그러는건데!!!"

"됐어 _ 대문 말고라도 들어갈 곳 없어??"

"아 _! 뒷문!! 부엌쪽 문으로 들어가면 돼!!"

"학… 하하… 그래 그럼 그 쪽으로 들어가자."

도대체 왜 그렇게 숨을 헐떡이는 건지 _ 궁금해서 물어

보고 싶지만 내게 물어볼 여유조차 주지 않고 계속해서 들어가자고만 재촉하는 그 녀석 _ 그런 녀석을 데리고 부엌쪽 문으로 향하는데 순간 반사되는 달빛과 함께 비치는 녀석의 모습 _

"꺄아아아악!!"

"조용히 해!!"

녀석이 내 입을 손으로 틀어 막아버렸다. 도대체… 어떻게 된 거야!!!

왜 그렇게 옷이 피로 가득한건데!!

"흑… 왜 그래… 왜 이런 거야…!!"

"아 _ 씨발 조용히 해!! 너 울면 들킨단 말야… 일단 빨리 들어가기나 하자."

결국 계속해서 재촉하는 녀석에 의해 눈물이 터져 나오는 걸 가까스로 입을 틀어막아 숨소리를 죽인 채 부엌문으로 들어와 녀석을 내방까지 데리고 오는데 성공했다.

밝은 곳에서 보니 더욱더 꼴이 가관인 그 녀석!!

"도대체 어디서 이런 거야!! 왜 이래!! 얼굴은 또 왜 이 모양인거야!!"

정말이지 사람의 형체라고는 할 수 없는 그 녀석 _ 오늘 낮에 학교에서 입고 있었던 베이지색 옷은 온통 핏물로 번져있었고 얼굴은 울퉁불퉁 엉망진창에 입술은 터져서 피가 질질 새어나오고 있었다.

"일단 소독약부터 가져와."

"알았어!"

자꾸만 이유는 말하지 않고 이것저것 시키기만 하는 녀석!!!

으아아아앙 ㅠㅠ 도대체 어디서 저런 거야!!

소독약을 가지고 온 난 녀석의 얼굴을 조심스레 치료하기 시작했고 쓰라리다며 온갖 욕설을 다 내뱉은 그 녀석 ‑ ‑

"씨발!! 좀 살살 안 하냐??!!"

"살살하고 있어 _ 흑 으엉엉엉 ㅠㅠ 말 좀 해봐. 도대체 왜 이런 건데!!"

"그럴 만한 사정이 있었어."

"대체 이 정도가 될만한… 그럴 만한 사정이 먼데!!!"

예전에 한번 녀석이 싸우는 모습을 봤던 나 _

물론 성일고 변태 녀석의 사건 때는 녀석과 녀석의 사촌 민이님의 똘마니들 _

즉, 우리 쪽에서 일방적으로 때리는 것이었지만 그 일이 있은 후로 한참 후 길에서 시비가 붙어서 녀석이 싸우게 될 일이 생겼었다.

혼자서 네 사람이나 해치웠던 그 녀석 ‑0‑

과히 그 녀석의 사촌들이 전부 다 조폭 임을 알 수 있었던 사건이었다. 그런데 그런 녀석이 이 정도까지 되어오다니!!

"엉엉_ 오빠 말 안 하면 나 소리내서 크게 울꺼야!! 흐엉엉엉 ㅜ0ㅜ"

"아~씨 _ 진짜 조용히 좀 하라니까!! 레스토랑에 있는데 조직 녀석들이 쳐들어와선 세금인가 먼가 내놓으라고 하잖아! 그러다 시비가 붙었는데 민이녀석한테 오라해서 다같이 싸우다가 이렇게 된거야! 그러니까 조용히 좀 해 _ 그리고 녀석들이 의자를 던진 거 막다가 얼굴에 약간 스쳐서 이렇게 된 거니까 그렇게 걱정할 만한 거 아냐_!"

"걱정할 만한 게 아닌데… 옷이 이렇게 피투성이야?? ㅜ0ㅜ?!!!"

"병신아 내 피 아냐_ 다른 녀석들 피지!!"

"봐봐 _! 어디!!"

자세히 녀석의 입고 있던 옷을 살펴보니 진짜 녀석의 피는 아닌 듯하다 -_-; 그래도 어떻게 _ 얼굴 빼면 시체인 니녀석인데 얼굴이 이렇게 망가지다니 ㅜ0ㅜ 대체 어떤 망할 것들이 우리 애인 얼굴을 이렇게 만들어 놓은거야!! 잡히기만 해봐라 아주 ㅜ^ㅜ!!

"하여튼지간에 오빠 그놈의 성격이 문제야 성격이! 어차피 아르바이트하는 건데 조폭들이 들어와서 세금을 내놓으라 하던말던 무슨 상관이야!! 그냥 남들처럼 가만히 있지!!"

"야 -_-^ 우리 아버지 가게인데 가만히 있냐??"

뭐 뭐 뭐 뭐 뭐????

그렇게 삐까번쩌그리한 레스토랑이 너네집꺼였다고?? -0-??

"뭐 -0-??"

"뭘 그렇게 놀래 _ 그럼 내가 쓸데없이 머하려고 그런 데서 아르바이트 하고있냐? 영감탱이가 경영수업인가 먼가 미리 해보랍시고 갖다 넣어서 그런 거지."

"아빠한테 영감탱이라니 -0- … 그… 그런데 오빠 웬일로 순순히 했니 -0-?"

"아~씨 _ 안 하면 카드 막아버린대잖아! 짜증나 아무튼!!"

60

결국 카드 때문에 한 거였구만 -_-;

니녀석에게 카드란 참 중요하지 _ 하루에 니가 쓰는 돈이 얼만데… 카드 없으면 너 죽지 -_- 그럼 _ 아버님 생각도 참 잘하셨지. 어떻게 카드 막아버린단 협박을 하셨는지 =_= 그나저나 옷이 이지경이 됐음 집으로 가지 왜 우리집 앞으로 왔지?? 설마 막 싸우고 나니 내가 보고싶고 그랬던건가 >_<

"그래 _ 흐흐 그래도 이 정도라서 다행이다 다행이야! 근데 바로 집으로 가지 왜 우리집으로 왔어? 나 보고싶었구나? >_<"

"미친 -_-^ 우리집 경찰 깔려서 못 가."

"뭐 -0-?? 이건 또 무슨 소리야!!"

"레스토랑에 경찰 떠서 도망쳐 온 거니까 그렇지 -_-^
그래도 내일 엠티가는 날이라서 다행이네 _ 에이 젠장 안
갈려고 했었는데 이렇게 되면 가는 수밖에 없잖아!!"

도망쳐 온 거라니 -_-:; 게다가 엠티를 안 갈 생각이었
단 말이야??

그러고 보니 녀석 _ 내가 고3때 학교를 다시 들어갔으
니까 1년 전이구나 _ 생각해보니 엠티갔었던 적이 한번도
없는 것 같다 -_-:;

그럼 설마?? 정녕 넌 엠티를 안 갈 생각이었단 말이냐!!

엠티도 안가고 _신입생 환영회도 나한테 억지로 끌려
가고 _ 도대체 대학은 왜 갔니?? -0-…

"오빠 정말 도대체 그럴꺼면 대학 왜 들어갔니 -0-??"

"아씨 -_-^ 니가 대학 들어가면 내가 심심할꺼아냐!!"

-//////////- 므헬헬헬

역시_! 넌 역시 날 너무 사랑해서 문제야〉_〈

꺄러러러러~~~

심심하단 핑계로 둘러대다니 _! 내가 대학가서 딴 남자
만날까봐 걱정한 거지? 다 알어 _ 다~ 흐흐흐흣_

"쓸데없는 상상하지말고 갈아입을 옷이나 갖고 와!"

"으으으응??? 흐흐흣 그래 _ 갈아입을 옷 _♬ 갈아입을

옷 _♬ 잠시만 기다려_ 내 동생 방에 갔다올게!!"

녀석을 잠시 방에 내버려둔 채 시훈이 방으로 향하기 위해 방에서 나왔다 _

"어?? 언니 _ 아직도 맛사지 하고 있었어 -0-??"

물 마시러 나왔던 건지 컵을 가지고서 다시 방으로 들어가려던 아영이와 마주친 나 _

"어?? 어… 어어어어 -0-… 그… 그렇지 -0-…"

"뭐야 - - 얼굴에 붙어있는 오이나 마저 떼고 말해."

"응?? 오이??"

"그래 - - 으이구~ 언니 집에서 이러고 있는 거 나수오빠가 알기나 할런지… ㅉㅉ…"

"하하하핫 -0- 뭐… 그래… -0-… 근데 언니 아까부터 좀 이상하다? 왜 그렇게 방문 앞에 서서 나 보자마자 당황해서는 말을 더듬어?? 혹시 방안에 머 숨겨 논 거 아냐??"

"아… 아나!!!"

"이것 봐~ 진짜 수상한데?"

"아 _ 그게 아니고 -0- 주희가 술 먹고 창문으로 들어왔더라고 -0-…"

"아…^^;; 그래…? 그래~ 그래서 주방에 꿀물 타러 가는 거야??"

"응?? 우웅 -0- 그렇지 _ 너도 빨리 들어가~ 야! 나 빨리 꿀물 가지고 들어가 봐야겠다."

"그래 ~ 알았어 ^^;;"

니코틴년이란 말에 바로 식은땀을 흘리며 자신의 방으로 들어가 버리는 아영이 -0-

하여튼 눈치 빠른 것! 하마터면 큰일 날뻔 했네 =_=

그나저나 갈아입을 옷 ~ 갈아입을 옷 +_+ 또 늦었다고 이 녀석 난리 부리겠네!!!

부리나케 시훈이의 방으로 들어간 난 시훈이가 벙찐 표정으로 날 바라보건 말건 옷장을 뒤져서 새 팬티까지 챙겨 가지고 나왔다_

"누… 누나 -0-… 지금… 내 속옷까지 들고 머하는거야 …-0-…"

"야_ 넌 그냥 공부나 해! 누나 나간다!!"

그렇게 시훈이의 방을 나와버렸다. 거 참 이 짓도 은근히 눈치 보이고 힘드네 -0-

"오빠_! 자 여기 옷 가지고 왔으니까 욕실 가서 샤워하고 옷 갈아 입어~"

"누가 이렇게 늦게 오랬냐? -_-^"

"하여튼 갖다 줘도 난리야!! 내가 이거 가지고 온다고 아영이랑 내 동생 눈치를 얼마나 많이 봤는데!!! 쳇 -_-^"

고맙다는 인사 한마디 없이 내가 가지고 온 옷을 가지고 내 방 욕실로 횡_ 하니 들어가 버리는 녀석!

그래도 몇 년 전 녀석과 처음으로 영화관 가서 팔짱꼈던 그 날 -O- 그리고 미아보호소를 갔던 그 날 -O- 으흐흐!!

그 날 우리집은 보수공사를 했었지 _ 그래서 고생했던 거 생각하면 ㅠ_ㅠ

아무튼 그래도 지금 생각해 보면 다행이야 _♪ 그러니까 지금 내방에 욕실도 생겼고 흐흐흣~ 으흐흐흣 그나저나 녀석이 내 방에 있는 욕실에서 씻고 있다는 사실만으로도 가슴이 떨려 죽을꺼 같구나 -.,- 흐흐흐

어느덧 녀석은 목욕을 마쳤는지 섹시한 모습으로 나왔다. 역시 너의 몸은 아직도 환상이구나!

"ㅠ▽ㅠ"

"침 좀 닦지?"

"-_-;;"

"하여튼 기집애가 진짜! 입 좀 닫아라!!"

"칫 -_-"

누가 그렇게 멋지라냐?

"나 간다 _"

"어딜??"

"그럼 가야지 여기서 너랑 자냐 -_-^^"

"그러다 잡히면 어떡하려고…"

"그래도 너랑 여기서 잘 수는 없잖아!!"

"그냥 오빠는 거기 그 쇼파서 자면 되잖아 -.,-"

"꼬맹아! 너 혹시 지금 나 유혹하는 거냐?"

-.,-…… 꼭 그렇게 까지 빨리 눈치채 줄 필요는 없는데 _

"아니 -0- 내가 언제 -0-"

"훔 _ 그래 유혹하는 거였다 이거지? 후훗_ 오빠의 옆으로 오렴 _ 흐흐흐"

"뭐… 뭐야 -0- 왜 이래 -0-…"

"뭐긴 뭐야 _ 니가 원하는 것 같길래 ~ 이리로 와 _ 흐흐흐"

66

"꺄악!!"

"야야!! 조용히 해!!"

하지만 이미 때는 늦어버린 후였다 -_-

"무슨 일이야 은서야!!"

"언니!! 언니 무슨 일 있어??"

"누나!! 누나 왜 그래!!"

나의 외침에 놀란 1층에 있던 엄마 아빠 할 것 없이 아영이와 나의 동생 시훈이까지 내 방으로 뛰어와 버렸다.

"어… 엄마… -0-;;… 아… 아빠 -0-;;;"

"너… 너 너! 이은서 너!!"

현장을 딱 걸린 녀석과 나 -_-

그래도 그나마 자주 집에 들락달락 거리며 아빠와 바둑

을 두며 친분을 쌓아왔던 덕분에 무사히 넘어갈 수 있었고 ㅠ.ㅠ 정말 그대로 자다가 걸렸음 최소한 사망이었다는 아빠의 협박과 함께 녀석은 시훈이의 방으로 끌려갔다.

흐엉엉 ㅠ^ㅠ 아빤 정말 너무해!!

#다음 날 아침

"이은서 너 빨리 안해? 그냥 간다~"
"잠깐만~~ 오빠 다 됐어 이잉… 쪼금만 기다려."
"-_-++++"
"미안미안 이제 가자~^-^"
오늘은 엠티 가는 날 _
간밤의 여러 가지 사정으로 인해 우리집에서 잤던 녀석 _

히힛 >_<
그리하여 지금 난 녀석과 엠티 장소로 향하기 위해 집을 나섰다.
원래0대로 라면 모두 모여서 가는 게 정상이지만 그 녀석이랑 나는 둘이서만 따로 가기로 결정 =_=V
누구 맘대로?? 내 맘대로지 >_< 내가 녀석이 있는 이상 난 아무것도 겁날게 없는 천하 무적이라 이거지 _

하하하!!!

하지만 내가 조금 늦장을 부리는 바람에 녀석은 아주아주 골이 나버렸다 -.-

"하여튼! 이쁜 게 그렇게 치장을 하고 꾸미면 내가 말을 안 하지!!"

"-.- 안 이쁘니까 꾸미는 거지."

"시끄러!! 누가 그렇게 말대꾸 꼬박꼬박하랬어!!"

그래 -_- 니가 다 해라 다 해!!

어찌하였든 녀석과 함께 목적지로 출발 _★☆★

"오빠 _ 우리 엠티 정말 기대된다 >_< 잼 있겠지??"

"귀찮아 죽겠는데 잼 있기는 뭐가 잼 있어 -_-^ 젠장 어제 그 일만 없었어도!!"

쳇 _ 니가 안 귀찮고 짜증이 안 나는 일이 뭐가 있겠니 -_-

"그래도 난 기대되는걸? >_<"

"원래 기대가 크면 실망두 큰 법이지."

하여튼 초치는 데는 뭐 있다니까 -_-^

우리는 그 녀석의 차안에서 나름대로…-_-;; 우리만의 방식의 사랑을 속삭이며 엠티 장소에 도착했다.

시창이가 미리 잡아두었다던 민박집으로 향한 녀석과 나 _

"우리 왔어 ^0^"

"어?? 빨리 왔네. 여기가 여자 방이야. 은서는 저리 가서 짐 풀고~ 나수는 일로 오고 _"

어제 같은 방에서 잘 수 없다며 그냥 나가네 어쩌네 하다가 나수 녀석이 장난을 치는 바람에 결국엔 엄마 아빠한테 들키고 내 동생과 함께 같은 방에서 잤던 녀석 _

하지만 어제의 그 모습과는 달리 방이 따로따로 갈라져 버리자 시창이를 엄청나게 야린다.

무서워 ㅠ^ㅠ 그래도 – – 엠티 와서 같은 방 쓰는 건 나도 싫어 –0– 놀러와서 그게 무슨 재미야 –0– 흐흐훗!!! 하여튼 청개구리 같은 녀석 _♬

그 녀석과 떨어져 여자들 방에 들어가서 짐을 대충 풀어놓고는 밖으로 나왔다.

"대충 짐 정리 됐지?? 우리 바다 가자~~~~~〉_〈"

하여튼 뭐든지 촐랑거리는데는 1등인 시창이넘. 정말 저 녀석 보고 있으면 정우가 더욱더 생각나.

정우야 보고싶구나 ㅠ^ㅠ 나라는 잘 지키고 있느냐 ㅠ^ㅠ!!

아무튼 – _–; 모두들 시창이를 따라 바다로 향하는데…

어라?? ㅇ_ㅇ?

남자들쪽에 다윗놈이 없다.

다행이야 〉_〈 나수녀석 차 타고 오는 길에 다윗놈도 같은 동아리였던 게 생각나 은근히 걱정했었는데 히힛 _ 그럼 그렇지 _ 지넘이 동아리 행사에 참여할 리가 있겠어?

어차피 나수 녀석이랑 똑같은 놈인데 _

으하하핫 _

나수 녀석과 즐거운 추억을 만들기에 방해거리도 없고 _ 어차피 녀석은 아직도 경찰들이 쫓고 있을 테니 아버님이 일을 다 해결하기 전까진 짜증난다고 올라가지도 못할꺼고 정말이지 너무 좋은 기회이구나 _

앗싸앗싸 뿅뿅뿅 〉_〈

하지만 언제나 그렇듯 세상의 모든 일은 실타래처럼 베베꼬여 있기에 그리 쉽게 풀리는 일이 없는 법 _

즐거움이 채 가시기도 전에 우리가 민박집을 빠져나가려 하자 막 늦었다며 들어오는 다윗놈의 새끼가 보였다 ㅠㅠ

어떻게 단 한순간도 기뻐할 시간을 안주냐!!!

"은서 안녕 ^-^"

가증스러운 놈 -_-^

홍알홍알 아가씨에서 또 언제 은서로 바뀐거냐?? 앙?? ㅜ_ㅜ 게다가 내 옆에 나수놈이 있는걸 뻔히 알면서도!!!

"-_-;;……"

"선배를 보고 인사도 안 하니? ^-^"

"다. 다..다..."

"저런 ^-^… 며칠 전 나이…"

"다… 다윗 선배 안녕하세요!!! ㅠ^ㅠ"

"응 그래 ^-^"

젠장 _ 말했다 _

말했다. 결국 말해버렸다 ㅜㅜ

우리의 인사를 보며 모두 놀라는 동아리 사람들_

흑 _

네놈이 정녕 인간이더냐_ 흑!!! 넌 정말 악마의 자식이야 ㅠㅠ!!

살짜쿵 옆을 보니 다윗 새끼랑 친하게 지내지 말라고 했지? 란 뜻이 담긴 눈빛을 마구마구 쏘아대고 있는 그녀석이 보인다 ㅠ_ㅠ

71

"나수 너도 왔냐…^-^+"

"동아리 행사인데 참석해야지. 안 그렇냐? 근데 너 또한 웬일이냐 ^-^+"

아주…=_=…… 무늬만 웃고 있었지. 보이지 않는 백만 볼트의 전기가 지지직거리는 거 같아 옆에 있는 나로서는 살이 떨려 죽을 것만 같다 _

나 아무래도 여기서 제대로 서울까지 못 돌아갈꺼 같애 ㅠㅠ 엉엉!!

늦게 온 다윈놈의 새끼덕분에 녀석이 짐을 다 풀기까지 거다렸다가 다같이 바닷가로 향했다.

양싸이드로 내 옆쪽에 세기의 싸가지들이 달라붙어서

는 백만 볼트의 전기를 쫙쫙 내뿜는구나 _

이것들이 누굴 다 태워서 통구이를 만들일 있나 ㅠㅠ

그러는 사이 도착한 바다 _

"바다다~~~~~~) _〈˘"

누구겠는가…-_-… 당연 시창이넘 _

백사장에 앉아서 즐겁게 나름대로 순수한 동심의 세계
로 돌아가 모래장난을 치고 있는데_

얼레??

왜 내 몸이 붕… 뜨는 걸까 =_=;;

"하나 둘 셋~!"

"풍~덩"

ㅜ0ㅜ

써글넘의 새끼!!! 다윗 녀석 _ 나를 지녀석의 친구와 같
이 들어올려 바닷물에 집어 던져버렸다.

"이 지랄 같은 아홉 개의 다윗새끼 너 죽었어!!"

이젠 선배고 뭐고 없다 -_-++ 지금 선배가 문제냐~(문
젠 선배가 아니고 부킹일껄?) 다 죽어써!!

죽기살기로 다윗놈을 자빠뜨려 물에 빠트릴려고 했지
만 이 그지 같은 녀석은 움직일 생각조차 안 한다!! 지놈
이 무슨 팔대장승도 아니고!! 엉엉 ㅠ_ㅠ 오빠 나 너무 억
울해!!

"야!!! 너 정말 이럴래?"

"-_-^^ 야?? 후배 은서양 너무 하는 거 아냐? 선.배.한.
테?"

…ㅋ_ㅋ……

…………ㅡ_ㅡ………

…………ㅡ_ㅡ;;…………

젠장 젠장 젠장!!

"T^T 다윗 선배 너무 하시네요."

"그랬다면 미안해 후배 ^-^ 근데 후배 물에 빠졌다가
나오니까 의외로 꽤 섹시한데?"

저런 맷돌에 갈아버려도 모자란 녀석!!! -_-+

그래도… 섹시하다니까…ㅡ_ㅡ;;

… T^T… 미안해. 그렇게 주먹 불끈 쥐고 노려보지마.

"하하_ 그걸 또 믿냐?"

내가 니녀석은 정말이지 평생가도 절!! 대 좋아할 일이
없을 꺼야 !! 절대!! ㅠㅜㅠ!!!

바닷물에 촉촉 -_-;;이 젖어 새앙쥐 꼴이 된 채 나수놈
이 있는 쪽으로 모래를 지끈지끈 밟아드리며 다가갔다.

"다윗 새끼랑 꽤 친하다?? 장난두 치고? -_-^^"

니눈에는 그게 장난으로 보이는 구나 -_-…

"그게 무슨 장난이야!! 일방적으로 내가 당한 거지!!"

"그런데 꼬맹이 너 왜 안 하던 짓 하냐?"

"내… 내가… 뭘??"

"왜 다윗 새끼한테 선배라 불러? 아무한테도 선배라구 안 부르잖아."

할말이…… 없다 ㅠㅠ

"그… 그게……-_-;;"

"꼬맹아 ^-^"

저게 또 왜 웃으면서 부르고 난리야 -0- 사람 살 떨리게 -0-

"으응…-_-;;"

"오빠 사랑해? *^^*"

꽃까지… 띄우다니 T^T

사랑하지 암만~ 사랑하구말구~

"사… 사랑하지 ^-^"

"그럼 오빠 실망시키지마~ 한 번만 더 이런 일 있음… ^-^++ 죽어~"

"그… 그래 ^^;;"

아…… ㅠ_ㅠ 하나님 왜 당신은 저를 이리도 미워하시나요!!

왜!!

도대체 왜!! 저 다윗놈의 새끼랑 자꾸만 부딪쳐 저의 사랑전선에 위해를 가하시냔 말입니까. ㅠ0ㅠ!!

밤이다 -_-;; 유치하게도 우린 지금 또 시창이 저 자식 때문에 -_-++

바닷가에 모닥불 피워놓고 일명 "캠프파이어"를 하고 시창이넘 때문에 수건도 한번씩 돌려주고 T^T 쓸데없는 노래를 부르며 앉아있다.

지금이 무슨 80년대야?? ㅠ0ㅠ!!

가만히 앉아서 시창이넘 장단에 맞추자니 짜증스러워 견딜 수가 없다 -_-^

벌써 나수 녀석은 견디지 못하고 어디론가 사라져버렸 고 =_=;

에휴_ 나도 그 녀석이나 찾아 가볼까?

시창아_ 부디 날 미워하지 말아라. 이건 절대 내가 니 가 미워서 이런 게 아니라 유치한 너의 사고방식 때문에 그런 거란다_

사람들 몰래 빠져나와 녀석을 찾아 백사장을 헤맸다.

ㅇ_ㅇ!!

목표물 발견!!!

저기 있군 >_<

"오빠~~~~~~~~~~"

마치 광뇨니처럼 뛰어간 나는 녀석의 넓은 등딱지에 앵 겨서 야들야들하고도 얇은 허리를 껴안았다 히히^^;;

그런데…

"-_-… 은서야… 내가 아무리 멋져도 나수두고 이러면
안되지 _"

_0_;;

이런… 써글!!! 뒤돌아서며 날 버터 두른 눈으로 그윽히
바라보는 놈은 내 인생에 절대!! 도움을 안주는 예쑤 그리
스또 아홉 개의 다윗자식이었다 T^T

"-0-;;… 니… 니가 왜…"

"어허~ ^-^ 선배보고 너라니~~~"

"-_-;;… 선배가… 왜…"

"날 나수로 착각했나 봐? ^-^"

"네 -_- 아무래도 그런 것 같네요. 그럼 죄송해요 전
이만 -0-"

"잠깐!"

"왜요?"

"착각한 김에 계속 해볼까? ^-^"

뭐… 뭘 계속한… 단…

"흡."

내가 지금… 느끼고 있는 단 한 가지…

이놈의 입술이 내 입술 위에 있다!!

이… 이럴 수가… 내가 추억을 만들려고 했던 건 니가
아니고 나수놈이란 말이야 ㅠ0ㅠ!!

놓으라고 소리쳐야 하는데… 버둥거리기라도 해야하는

데… 힘조차 쓸 수가 없다.

팔 한 번 움직일 수조차 없다. 니미럴 =ㅁ=!! 그리고…
부드럽다 ㅜ_ㅜ…

부드러운 혀끝의 감촉이 전해지며 우습게도 남자 새끼
가 레몬향이 난다.

이은서 (--;)(--)(--;)(--) 이럼 안~ 돼!! 정신차려!!

엄마 젖 먹던 힘까지 힘껏 짜내 다윗놈의 새끼를 뿌리
쳤다!!

"뭐… 뭐예요!!"

따귀라도 한 대 쳐야 정상인 것을_ 차마 저 아리땁고
고운 면상때기에 손자국을 낼 수는 없어…-_-;; 고작 한
단 말이_

"뭐… 뭐예요!!"

였다 T^T

"뭐긴 ^-^ 나 다윗선배…"

"지금 나랑 장난해요??!! 내 말은 지금 뭐하는 짓이냐
는 거잖아요!!"

"그냥 니 입술에 키스하고 싶어서_ 왜?"

"뭐… 뭐라구요??!! 이제부터 나 정말 아는 척도 하지
말아요!! 선배 정말 저질이야!!"

개자식_ 날 가지고 놀다니!!! 왜 임자 있는 날 가지고
노냔 말이다!! 뭐?? 그냥 키스가 하고 싶어서 했다고?? 내

가 그렇게 우습게 보이냐!!

젠장젠장 제길!!

다윗 자식을 밀쳐내고 돌아서는데…

"오… 오빠……"

"…… 너… 지금… 여기서…"

"오… 빠… 그게… 아니고…!!"

"……"

녀석은… 나를… 경멸이 가득 담긴 눈을 하구선 내 앞에 선 채로 아무런 말이 없다.

이게 아닌데…… 이게 아닌데…

젠장!! 이게 지금 다 다윗 새끼 때문이야!!

아니지… 내가 지금 다윗 새끼 탓을 하고 있을 때가 아냐_어서 오해를 풀어야 해!!

"오빠… 그게 아니구 _"

"설명할 필요 없어."

"오… 오빠……"

그 녀석의 차가운 말에 나도 모르게 눈물이 흐른다.

그런 와중 써글놈의 다윗 새끼 한술 터 떠 내 옆에 와 어깨에 손을 얹더니_

"우리 이런 사이였어 ^-^"

랜다.

어버버버버버버 -0-;;

안 그래도 나수놈이 키스하는 장면을 봐 버렸는데 이게 무슨 소리야!! 내가 언제 너랑 그렇고 그런 사이였단 거야!! 대체 나한테 왜 이러냐고!!

"오… 오빠… 그게 아…"

하지만 내가 말을 채 끝내기도 전에 그 녀석은 나를 경멸스럽게 쳐다보며_

"이은서… 이런… 거였냐? 우리… 사이… 다시 좀 생각해 봐야겠다. 하하 _ 웃기네? 서울 가서 보자 _"

그 녀석이… 내 앞에서 사라져 간다. 우리… 사이… 다시 생각한다라… 다시 생각한다.

우리… 그럼… 헤어지는 거니?

그런 거야??

응??

그게 아닌데… 다윗 자식이 날 가지고 논거란 말이야…
억지로 그런 거란 말이야!! 그런데 오빠… 왜 내 말도 안 들어주는 거야!!

어느새… 다윗놈은 자기가 있다는 것을 인식이나 시키려는 듯 흠흠거렸다.

"왜… 왜 그랬어요!! 정말 왜 그러냐구요!! 내가 당신한테 뭘 잘못했는데 왜 나만 가지고 괴롭히는거야!! 당신이 나수 오빠랑 사이가 안 좋은데 왜 날 이용해!! 왜!!!"

"가장… 소중한 걸 뺏고 싶으니까."

79

뭐…??!!

"짝_!!"

나도 모르게 이젠 정말로 다윗 자식의 뺨을 있는 힘껏 내려쳤다.

"당신 정말 저질이야. 그리고 사람 잘못 봤어. 난 뺏기고 안 뺏기고 하는 물건 따위가 아냐!"

"의외로 진지한 면이 있군. 멍청이인 줄만 알았는데 홋~!"

"개… 자식."

지랄같이 또 눈물이 난다. 자꾸만… 자꾸만 앞이 뿌애져서 이 자리를 어서 떠나고 싶은데… 다윗놈의 새끼 얼굴 따위 보고싶지도 않은데… 어서 나수놈 뒤쫓아가서 아니라고 오해라고 말을 해야하는데… 내 자신이 너무나 무력해져서 아무것도 할 수가 없다.

"울지 마라…"

너 지금 나한테 병 주고 약주냐??!!!

"무슨 상관이야?? 다 당신 때문이야!!! 당신 때문이라고!!! 꺼져버려. 내 앞에서 사라져."

한참동안 다윗 녀석을 향해 주먹질을 했다. 물론 내 주먹질이라고 해봤자 녀석에게는 간에 기별도 안갈 정도 밖에 되지 않겠지만 정말 나는 있는 힘을 모두 짜내 때렸다 _ _

그렇게 한참을 발악하며 우는 날… 이상하게도 예수그리스또 아홉 개의 다윗 새끼에서 악마 그리스또 아홉 개의 비러머글 다윗 새끼로 바뀐 그놈은… 따뜻하단 느낌이 들 정도로 날 안아서 달래주었다.

하지만… 지금 내가 원하는 품은 이 품이 아닌데… 내가 원하는 품은 따뜻하고… 그 녀석만의 향기가 나며… 고요히… 규칙적으로 심장 박동수가 들려오는 그 녀석의 품인데…

이것이 이별의 아픔이라면
그대는 이것을 몰랐으면 합니다…
이것이 이별의 외로움이라면
그대는 이것을 몰랐으면 합니다…
사랑하는 그대를 떠나보낸 후…
텅빈 집에 나 홀로 앉아…
그대를 떠올리며 눈물을 흘려봅니다.
그대 가시는 길에 뿌려질 아름다운 눈물을…
소리 죽여 그대의 이름을 나지막히 불러봅니다.
멀리 떠난 그대가 혹시나 들을까…
걱정이 되어 숨죽여 흐느낌마저 삼켜봅니다.
그대 그리워 눈물이 나도…
이별이 너무 슬퍼서 눈물이 나도…

나 오직 그대의 행복만을 바라며
그대만큼은 이런 감정 몰랐으면 합니다.
이별 후 그대는 몰랐으면 합니다.
나의 마음이 이렇게 아프다는 사실을…

<나수 테마>

바닷가에 한 남자가 서있다.

쓸쓸히 바닷가를 바라보고 있는 남자의 곁으로 다가오
는 또 다른 남자_

"뭐하냐?"

"… 니가 무슨 낯짝으로 내 앞에 온 거냐?"

"^-^ 그래도 예전엔 절친한 친구였던 사람한테 너무 하
는 거 아니냐~"

"…… 그런 애 아냐…"

"뭐가??"

"은서… 니가 생각하는 것처럼 내가 예전에 놀던 그런
여자들 아냐."

"알아."

"뭐?? 아는데… 아는데 그따위 짓을 해?"

"… 너한테 제일 소중하니까…"

"개자식…"

남자… 는 비열하게 있는 남자를… 슬픈 눈으로 바라본다. 그러자 마주 서있던 남자… 다시 입을 연다.

"정말… 사랑인거냐? 죽어도 굽힐 줄 모르는 김나수씨께서 그렇게 슬픈 눈을 할 정도로? 그럼 우리 미리는?? 너 땜에 하늘로 가버린 미리는!!"

"… 은서도… 아파… 은서도… 아픈 애야… 은서도… 오빠 잃어버린 애야. 그 애 곁엔 내가 있어줘야 해…"

"홋~! 니네 아버지 이겨낼 자신은 있고?"

"……"

"이봐 잘난 김나수! 착각 하지마. 니가 아무리 여태껏 니 맘대로 살았다고 해도 넌 결코 니네 아버지 배신 못해. 은서가 설령 아무리 잘난 집안 딸이라도 니네 아버지가 정한 사람이 아니고서야 절대 안 돼!! 너도… 알고는 있겠지?"

금방이라도 눈물이 흐를 것만 같지만 차가운 얼굴의 남자 앞에서 소리치고 있는 남자를 가증스럽게 쳐다보긴만 한다.

"내가… 지켜…"

"아니… 넌 못 지켜. 내가 여길 오기 않았으면 넌 정말 오해를 해버렸을껄… 안 그래? 우리 미리… 때 처럼…"

"… 다신 내 앞에 나타나지마… 다시 영국으로 돌아가!!"

83

"그렇겐 못하지 ^^… 나도… 갖고 싶은 게 생겼거든… 단순히… 미리 복수만이 아니야. 나도… 그 애가 좋아. 멍청할 정도로 순수해… 그 애를 보면 안아주고 싶어져… 나도 모르게… 자꾸만 빠져… 그러니… 포기해라. 만약 니가 계속 이렇게 나온다면 너 한국에 더 이상 못 있을꺼다."

"…… 상관없어."

"그래?? 은서가… 다친다고 해도? ^^"

"…… 훗… 너도 사랑한다며… 다치게 하진… 않을꺼야."

"김나수! 날 아직 너무 모르는군 ^^ 정말 그렇게 생각해?"

"개자식……"

한참동안 서로 마주보고 서있는 두 남자! 그러다 한 남자가 입을 열었다.

"울리지마… 울리면… 용서 안해…"

"지당하신 말씀 ^-^"

웃으며 한 남자가 사라져가고… 혼자 남겨진 남자.

남자의 눈에서… 눈물이 흐르고 있다. 보석 같은 눈물이 쉴새없이…

"꼬맹아… 미안하다."

엠티 2박 3일간… 나수 녀석은 나에게 눈길 한번 주질

않았다_

　물론 오해할 소지가 있었지만 변명으로 들릴지라도 이유조차 안 들어보는 건 너무 하잖아 ㅜ_ㅜ

　이제 집에 가는데… 휴=3

　이렇게 오해가 생긴 채로 돌아가야 하는 건가…? 시간이 흐르면 흐를수록 더 오해는 풀기 힘들어질텐데…

　"가자."

　내 옆으로 다가와 가자고 말하는 녀석 -0-

　이 녀석 지금 진짜 나한테 한 얘기 맞지??? 어떡해.

　ㅠㅠ 지금 3일만에 이 녀석 목소리 들은 거야!! 흐흐흑 _드디어 얘기할 마음이 생긴 거니? ㅜ_ㅜ 우웅웅 _

　녀석과 함께 녀석의 차에 올라탔다. 그래 은서야!!! 가는 길에 죽을힘을 다해 오해를 푸는 거야!!

　아자!!

　한참을 고속도로로 달리는 차 안 _망설이고 망설이다 내가 먼저 입을 열었다.

　"오빠… 저기… 그 날 그 일은 말야…"

　"됐으니까 아무 말도 하지마."

　"오… 오빠 ㅠㅠ"

　다시 침묵으로 _

　이게 아닌데 ㅠㅠ 빨리 오해를 풀어야 하는데 _

　그렇게 또다시 한참동안 차는 달리고 _ 그런 와중 이번엔 녀석이 먼저 말을 꺼냈다!!

"은서야…"

엥?? 갑자기 왜 이름을 부르지?? 정말 그렇게 화가 많이 났었던 건가??

"응??"

"내가… 먼저 할 말이 있어…"

"으응…"

"우리… 그만… 그만 헤어지자."

"에이~ 화 많이 났구나?? 장난치지마~ 내가 잘못했다니까? 그리고 그 날은 다윗놈이 억지로 그런 거였어!!! 내가 태도를 확실히 안 해서 그런 건가봐 _이제 정말 다윗놈이랑 친하게 안 지낼께."

"지금 내 말 장난… 아니란 거 알잖아…"

"에이~ 오빠 왜 그러냐? 하여튼 우리 자기 _연기를 너무 잘해 〉_〈 얼굴도 되겠다 _ 진작에 연예인 했어야 했는데 _♬"

"그만해… 정말… 정말 장난 아니야. 모르겠어?? 어??"

정말…… 인가 보다……

정말…… 인가 봐……

……

"이… 이유가… 먼데…?"

"그냥… 이유 없이 니가 질렸어. 너무 오래 너만 만나서 질렸어. 그래서 나도 이제 딴 사람 만나고 싶어."

정말… 그럼 우리 이제 헤어지는 거야?? 왜… 내가 이
유 없이 질린건데…

바보… 나빠… 오빠 나빠.

20살 되면 나랑 결혼한다고 약속했으면서… 나 이제
20살인데… 그럼 결혼해야지… 왜… 헤어지는거야. 눈물
이 나오려는 걸 죽을 힘을 다해 참았다. 나 방금 차였는
데… 헤어지잔 그 녀석 앞에서 울면 그 녀석이 내게 미안
할 테니까…

이후로 우리동네로 접어들 때까지 아무 말이 없었다.
너무 잔인하잖아… 이게 마지막 배려라는 거야?? 헤어지
는 게 미안해서… 그래서 직접 집까지 데려다 주는 거야?
그렇다면 정말 잔인하다. 오빠 너무 잔인해…

창 밖을 바라보니 니코틴년의 집 근처다.

"여기서 내려 줘…"

말없이 그 녀석은 차를 세웠다.

"고마워… 잘…가 ^^"

"울지 말고… 항상 행복해…"

하… 행복하라구??… 왜…?? 오빠가 그냥 행복하게 해
주면 되잖아. 드라마랑 똑같네?? 드라마 보면 남자가 항
상 마지막엔 여자보고 행복하라고 하잖아.

어느새 그 녀석의 차는 내 눈앞에서 사라져갔다. 가슴

이… 아프다. 숨조차 쉬지 못할 정도로 내 심장이 마구 조여 온다.

주희한테 가야지. 주희가… 보고싶다.

힘겹게 발걸음을 뗐다. 주희집은 여기서 100m 밖에 되질 않는데… 그런데 주희 집이 1km는 넘는 것 같은 기분_

발이… 너무 아파… 맨발로 가시밭길을 걷는 것만 같애…

문 앞… 니코틴년 집 문 앞이다. 심호흡하고… 자~ 진정해야지 ^-^;;

"띵동~"

"열렸어요~"

내가 도둑이면 어쩔려구. 하여튼 대찬 지지배…=_=

"나 왔어."

"왔냐?? 엠티 잼 있었어?"

"아니…"

"왜?"

"주희야…"

"왜?"

"주희야…"

"왜?"

"주희야…"

"미친년아 말을 하지 왜 자꾸 부르기만 해!! -_-

++++"

"……"

"나… 나수랑 헤어졌어 ^-^"

"뭐? 야_ 오늘 며칠이냐? 아직 만우절 되렴 사나흘 정도 남았는데…"

하여튼 진지하지 못한 년 -_-^^ 그래… 웃어야지. 내가 이렇게 분위기 잡아서 뭐하겠어.

"헤어졌다구! 귓구녕 썩었냐?? 앙?? 만우절은 무슨 개풀 뜯어먹는 만우절이야~ 나 나수새끼랑 헤어졌다구~~~~~~~아~ >_< 속 시원해. 나는 이제 자유야 ^0^ 우리 이제 나이트 가서 매일 부킹하자. 내가 매일 따라가 줄께 >_< 히힛~!"

90

"야… 정… 말… 이야?"

"얘는~~~~>_< 속고만 살았니?? 이제 너랑 지운이 놀 때 항상 낄꺼니까 긴장해."

"… 울어…"

"응??"

"야이 병신아 내 앞에서까지 연기하지 말라구! 그냥 울란 말야!!"

분명… 문 앞에서 마음 굳게 다져먹고 심호흡까지 하고 왔는데… 니코틴년의 한마디에 죽을힘을 다해 참았던 눈물이 난다. 쉴새없이 후두둑 떨어진다.

"흑… 흐흑… 주희야. 나 어떡해… 엉엉 오빠가… 오빠가… 나 싫대. 그냥 이유 없이 싫어졌대… 질렸대. 그래서 헤어지제. 흐흑… 나… 아파… 너무 아파… 여기가… 여기가… 마악… 찢겨져 나가는 거 같아. 흑… 가지 말라고 싫다고 곁에 있어달라고 불쌍하게 매달리고 싶었는데… 나 때문에 아플까봐… 조금이라도 힘들어 할까봐… 죄책감에 다른 여자랑 행복해지지 못할까봐… 그러질 못했어. 어떡해. 흑… 어쩜 좋아. 엉엉…"

그 자리에 주저앉아 엉엉 목놓아 울었다. 그런 나를 니코틴년은 가만히 내버려두었다. 한참동안이나…

—,.— 좀 달래주지…

사랑하는 사람이 제 앞에서 떠나네요.
바보같이… 그 사람을 잡지 못하고…
흐르는 눈물 사이로…
버릇처럼 초라하게 그댈 보고 있네요.
이제 다 준비됐는데… 맘껏 사랑해도 되는데…
내가 너무 그댈 기다리게 했나봐요.
얼마나 힘들었을지…
헤어지잔 말 꺼내기가 얼마나 힘들었을지…
밤새껏 고민하며 눈물짓는 그대가
머리 속에 자꾸 떠오르네요.

처음 봤어요…

이별을 고하는… 그대의 눈동자가 흔들리는 것을…

내 눈도 보지 못하고…

무슨 죄를 진 것 마냥

고개만 푹 숙인 채…

그 모습이 날 더 초라하게 만드네요.

이젠 내가 그댈 기다리려 합니다.

나… 당신 기다려도 될까요…?

<은서 테마>

92

달래주지 않아서 더 서럽게 울었다 - _ -

세 시간 가량 울고 나니 더 울고싶어도 더 이상 목구멍에서 소리도 안나오고 눈도 따끔거려서 힘이 든다 - _ -;;

아~~~~ 울고 싶어도 못 우는 내 처량한 신세여 T^T

그런데…… 운다고 에너지 소비를 많이 해서 그런지 배가 많이 고프구나 _

"주희야… 배고파…- _ -;;"

"기다려…"

평소 같음 _

"써글년 알아서 차려먹어!"

했을 텐데…

헤어지니 좋은 점도 있긴 있구나…ㅜ_ㅜ

그나저나… 정말… 나… 그 녀석이랑 헤어진 거야??

하하…_

그럼 난 이제 어떡해야하지??

아~~~~ 또 학교는 어떻게 가 TˆT

이럴 줄 알았음 시간표 똑같이 하지 말껄 ㅜ_ㅜ!!

혼자서 우옹옹 거리다 보니 어느새 니코틴녀이 밥 먹으라고 소리쳤다.

"나와!!"

주방으로 나가긴 나갔는데…

_0_;;

웬일이니~ 웬일이니~

밥은 어머니가 아궁이에서 만든 희애 언니표 햇반에 밥 찬은 줄줄이 소세지에 케챱이 전부다_

흔해 빠진 김치쪼가리 하나 없는 식탁_

내 친구 지운이의 앞날이 심히 걱정되는구나 ㅜ_ㅜ!!

난 나수랑 결혼하면 절대 안 이래 ˆ0ˆ……

아… 우린 헤어졌지.

새삼 깨닫는 것도… 슬픈 일이구나 ˆ-ˆ;;

밥을 먹는데… 자꾸만 눈물이 흘러서 그런지 짠맛만 느껴진다.

왜 아직… 현실 같지 않고 자꾸 깨달아야한다고… 정신

차려야 한다고…

　그런 생각만 드는 걸까?

　불과 며칠 전까지만 해도 우리집에서 즐겁던 우리인데
_ 그리고 지금도 조금 후 전화가 올 것만 같은 그 녀석인
데 _

　왜 이렇게 갑작스럽게 이별은 찾아와서 나를 혼란스럽
게 만드는 것일까?

　"이년아 아직도 눈물이 나냐? 어서 팍팍 처먹어."

　"ㅜ_ㅜ 우웅…"

　꾸역꾸역 밥알을 입안으로 집어넣었다.

　반찬이라곤 줄줄이 소세지 하나 뿐이라 매우 느끼하긴
했지만 - _ -;; 그래도 나는 다 먹었다 T^T

　이제 밥이 맛없어도 억지로 다 먹는데는 이골이 났는
데… 훗… 다 나수 덕분이지.

　나는… 이제 원하는 거 다 할 수 있는데… 왜… 떠난 거
지??

　도저히 더 이상 니코틴년의 집에 있을 수가 없어서 집
으로 돌아왔다(사실 밥을 다 먹었기에 =_=)

　"다녀왔어… 요."

　"아~! 언니 왔어?? ^-^ 근데 왜 이렇게 늦었어?"

　집에는 아무도 없는지 아영이만이 나를 반기고…

　"응?? 으응… 주희집 갔다가 온다고…"

"그래?? 참! 엠티 잼 있었어? 나수 오빠랑 잼 있게 놀기
는 했어?"

나수… 나수… 그 녀석 이름만 들어도 눈가가 금세 젖
어온다.

"언니… ??왜…그래?? 응?? 또 그 새 엠티 가서 나수
오빠랑 싸웠어?"

"아니 ^^;;"

"왜… 무슨 일 있어. 응?"

"^^… 나수랑 헤어졌어. 어떡하니… 아영아… 아들 낳
으면 너한테 사위로 준다고 했는데…약속 못 지켜서 미안
해."

"언니 -0- 오늘 만우절 아니거든??"

"그럼… 나 좀 쉴께…"

"어… 언니 -0-!! 정말 왜이래!!! 응??"

"나 피곤해…"

"정말이야? 응?? 정말이냐고!! 며칠 전 까지만 해도 멀
쩡했잖아!! 그런데 왜 그래!!"

"그러게… 왜 그럴까…?"

"언니… 나랑 술 마시러 갈까??"

"떽!! 고등학생이 술이라니~! 괜찮아 ^^ 들어가…" (자
신은 중학교 때부터 마셨단 사실 잊어버린 듯함 -_-ㅋ)

"어…" (헤어졌다니 놀래서 떽떽 거리지도 못하는 아영 -_-;;)

그렇게 아영이에게까지 우리가 헤어졌단 사실을 알리고 방으로 들어왔다. 이렇게나 많은 사람들이 나와 마찬가지로 우리가 헤어졌단 사실을 믿지 않는구나.

힘이… 든다.

아직 녀석과 헤어진 지 하루도 채 지나지 않았는데… 잠들어 버리고 싶다.

예전에 밤이 안올 때 가끔 먹던 수면제를 찾았다. 남아 있는 다섯 알 _

좀 많았음 이거 먹고 확!! 죽어 버렸을껄.=_=;;

나… 잘래.

"우으음…"

눈을 뜨니…벌써 아침인가보다.

녀석한테 전화해서 일어났다고 보고해야지 ^0^…

참… 우린… 어제… 헤어졌지??

싫다. 아무렇지도 않게 저렇게 밝은 햇빛이 너무너무 싫다.

다시 서둘러 눈을 감아버렸다.

정말일까봐.

눈을 뜨고 일어나서 움직이면 어제 우리가 헤어진 게 사실일까봐…

아직은 헤어지기 싫은데…

눈을 감으면 다시⋯ 어제 엠티 장소 일 것만 같은데⋯ 녀석이 헤어지잔 얘길 하기 전만 같다.

이럴 줄 알았음 차라리 녀석이랑 같이 올라오지 말껄⋯

그럴 걸⋯

난 정말 녀석 말대로 바보 찔찔이가 맞나봐.

다시 눈을 감아버리고⋯ 그렇게⋯ 사흘이 지나버렸다.

사흘이 지난 후에도 여전히 그대로인 나_ 다만 변한 것이 있다면 아무리 핸드폰을 수시로 확인해 봐도 아무 변화가 없는 핸드폰이란 것이었다.

우리 정말 헤어진 거 맞구나.

학교에서 녀석을 만나는 게 두려워. 어떻게든 피해 볼려고 끝끝내 집에서 꼼짝도 않고 있는데 우습게도 다시 잠이 들려니 전화가 온다.

설마⋯⋯ 설마⋯⋯

"여⋯ 보⋯ 세⋯ 요??"

"안녕? 홍알홍알 아가씨 이은서 ^-^"

젠장 _ 이런 순간에 다윗 녀석의 전화라니!! 새꺄!! 나는 지금 니 목소리 따윈 듣기도 싫어 !!

그나저나 도대체 내 전화번호는 또 어떻게 알았지??

"왜? -_-^" (어차피 나수놈이랑 깨져서 막나감)

"어라 o_o? 반말이네?"

"그래서? 불만이야?"

"아니 ^-^ 그냥 사시미로 찔르고 싶을 뿐이야."

무서운 놈 -_-;

"왜…-_-;…요?"

T^T 왜 난 나수놈이랑 헤어진 후에도 이놈의 비굴병이 고쳐지질 않는 거야!!

"놀자구 ^-^"

내가 니넘이랑 언제 그렇게 친했다고 너를 만나서 놀아야 한단 말이냐!! +ㅁ+

안 그래도 키스사건 때문에 나수 녀석이랑 헤어지구_

ㅜ_ㅜ 심란해 죽겠구만!! (나수가 키스사건 때문이 아니라 했던 사실 잊어버리고 여전히 다윗놈 탓을 함 -_-ㅋ)

"그나저나 내 연락처는 어떻게 안 거예요? 선배 혹시 스토커 그런 거예요??!!"

"과 사무실에 전화하니까 알려주던데?"

젠장 _ 그 생각을 못했네.

"그… 그래요?"

"나와 _ 놀러가자."

"놀긴 멀 놀아요!! 내 말이 도대체 껌으로 들리는 거예요??! 게다가 나 오늘 아파서 학교도 안 갔단 말이에요!!! 학교에서 안 보이는 거 보면 모르겠어요!!"

"그래?? ㅇ_ㅇ 그럼 내가 지금 니네집으로 갈까??"

"선배가 우리집을 알기나 해요?"

"응 VV동 CCC번지 아냐??"

과 사무실에 주소까지 물어봤었냐!!

"올테면 와봐요. 그럼 안녕 _"

지가 설마 정말 오겠어?? –_–^^ 그리고 엄마가 나가면 당황해서… 자기가 들어오겠어 _? 흐흣

하지만…–_–;; 내가 뒹굴뒹굴 침대에서 구르고 있을쯤… 방문이 벌컥 열리더니

"야 –_–^ 누구 왔어."

"엄마! 노크 좀 해!!"

"언제 우리가 노크하고 살았다고 –_–^ 왜! 또 나수 녀석 몰래 부엌문으로 데리고 들어와서 둘이서 속닥이고 있을려고??"

아직 나수 녀석이랑 내가 헤어졌단 사실을 모르는 우리 엄마 _ 아무렇지도 않게 녀석의 이야기를 꺼낸다.

하지만 난 다른 내색은 전혀 할 수가 없고 _

"엄마!!"

"왜 소리는 질러!! 손님 왔다."

"그런데 날더러 어쩌라고 –_–^^"

"니 손님이야!!"

누구지?? 니코틴년인가?? 니코틴년이면… 절대 엄마가 손님이란 고귀한 단어를 쓸리가 없는데 _

"안녕 ^–^"

......

　내방으로 들어온 사람은 다름 아닌 다윗 자식이었다!!! −0−

　정말 오란다고 왔단 말인가? 저렇게까지 할 일이 없던 놈이었나 −0−?

　나는 왜 여태껏 저넘이 나수 녀석과 맞먹는 놈이란 걸 잊어버렸을꼬 ㅠ0ㅠ

　"왜… 웬일이에요? −0−"

　"니가 오랬잖아 _"

　오란다고… 정말 온단 말인가?? 저넘은....장난과 갈굼… 야림 같은 것도 모른단 말인가??

　혹시… 바… 보??

　미안 −_− 바보는 나였단 사실을 깜빡했어.

　"왔으니까 놀러가자 ^−^"

　"저겨… 제가 오늘 아프다고 아까 분명히 전화상으로 말씀드렸거든요? 그리고 제가 며칠 전 바닷가에서 꼴도 보기 싫다고 두 번 다시 제 앞에 나타나지 말라고 말했던 거 잊어버리셨나요?? −_−ⁿ"

　"그래? 그럼 병원 같이 가 줄께."

　하지만 녀석은 내 말 따위는 안중에도 없고 −_−… 그 페이스에 또다시 슬슬 말려 들어가고 있는 나 _

　"아뇨 _ 그러실 필요까진…"

"너 그런데 눈꼽 낀 건 알어?? ㅇ_ㅇ??"

젠장 -_-; 이게 아닌 것 같은데!! 그나저나 다윗 녀석의 말에 거울을 쳐다보니 세수도 안한 얼굴에 머리는 서로 엉켜서 산발이 되어서는 나의 사랑스런 잠옷 푸우를 입고 있는 모습이었다.

"하… 하하하하 _ -0-…;;"

"밖에 푸우 옷 입고 나갈꺼야? ^-^"

"아… 아뇨. 당연히 옷을… 갈아…"

쓰벌 _!! 걸렸다!!

"그럼 ~ 옷을 갈아입고 나가야지 ^^"

뎬장뎬장 막장가트니라구!!T^T

결국…-_- 지랄같은 아홉 개의 다윗 새끼의 말장난에 넘어간 나는 대충 씻고 옷을 갈아입은 채… 집을 빠져나왔다.

"어디 갈까?"

"몰라요 -_-^ 내가 모른 척 하자고 했잖아요!! 근데 왜 자꾸 나한테 말 걸어요??!!"

"가고 싶은데 없어?"

역시 나수 녀석처럼 남의 말은 전혀 신경을 안 쓰는 다윗 녀석 -_-^

"선배가 멋대로 끌고 나온거잖아요 -_-^"

"니가 옷 갈아입고 나가야 한다고 했잖아_"

이놈의 주둥이가 방정이지 ┬O┬!!!

"아무튼… 난… 모… 몰라욧!"

"근데 너 말더듬이야? 왜 만날 때마다 말 더듬어?"

"그러는 선배는 왜 갑자기 친한 척 은서야 _ 은서야 _ 예욧!!!"

"나 방금 은서야 _ 라고 안하고 너라고 그랬는데?"

"아무튼요!! 너라고도 부르지 말아요!!"

"그럼 머라구 그러지?? 바보야? 찔찔아? 어리버리야?? 머라구 불러줄까?"

"으아아아아아악!! 됐어요!!"

102

"왜 너 소리는 지르고 그러냐?"

"내 맘이에요."

"너 굉장히 성격이 삐뚤어진 애구나?"

"그러는 선배야말로 그런 말 할 자격 있어요? -_-^"

"우와 _ 근데 너 말 의외로 잘한다?"

흥_!! 내가 나수 녀석한테 매일 당하고 살아서 그렇지 나도 말 잘하는 인간이었어. 이거 왜 이러셔!!

"어서 어디든지 가기나 해요!!"

"가기 싫다더니?"

"-_-~~~~~~"

……

그렇게… 다윗놈의 차안에서… 어딘가로 계속 이동을

했는데 어쩐지 낯익은 길이 보인다 _

　여긴… 여긴…

　…= _=…

　나수놈과 처음 만났을 때 왔었고… 그 이후로도 자주 찾았던… 바닷가…

　하지만 이젠 바닷가만 봐도 눈물이 앞을 가리는구나.

ㅠㅠ;;

　게다가 왜… 하필… 많고 많은 바닷가 중에 여기로 온 거야!!

　"… 이 바다… 정말 좋지? ^-^"

　"그… 렇네요. 여전히… 조용하고 이쁘네요."

　"와 본 적 있나?"

　"글쎄요…^^;;;;"

　"그래?? 그런데 너 표정이 왜 그래? 내가 너 잡아 먹냐? 왜 그렇게 한대 치면 울 것 같은 표정이야? 사람 기분 나쁘게 _"

　씨뱅아 나는 우울한 모습도 하면 안되냐? -_-+

　"훗 _ 모르죠."

　그러다 갑자기 가고싶은 곳이 생겨버렸다!!

　"나… 가고싶은 곳 생겼어요 -_-"

　"어딘데??

　"술 사줘요 = _="

"어린 게~"

"나 대학생이거든요?? – _ –;"

"너 신입생 환영회 때처럼 나한테 안기면 나수 녀석한테 나 맞어 죽잖아 〉_〈"

이 다윗… 대체 알면서 모른 척 하는 거야 아님 정말 몰라서 이런 거야 – _ –^ 분명 그때 바닷가에서 그렇게까지 해놓고!! 대체 너의 정체는 무어란 말이냐!!

"쳇 _ 그럼 내가 사죠 – _ –^ 돈 아까워서 그러나봐요?"

"내가 사마 – _ –^^"

하여튼 이런 거에 민감하게 반응하는 것도 나수 녀석이랑 똑같군 – _ –

그렇게… 다윗놈과 호프집으로 향하기 시작했다.

나는 신입생 환영회 편을 봐서 알겠지만 술이 쎈편이 아니었다 – _ – 소주 한 병을 넘어버리면 인간이길 포기한다 – _ –

그런 내가 가장 고비인 소주 한 병을 채우는 마지막 잔을 마시고 있었다.

"그만 마셔…"

"나 아직 안 취했어요 _ 아직은 괜찮아요."

— _ –^ 쳇… 새끼 깔끔한 척 하기는… 드릴로 콧구멍을 쑤셔버릴까 부다.

나수는 내가 토해도… 그 다음날 약간 지랄발광을 약

간…이 아니었나?? -_-?

어쨌든 그래도 일단은 다 받아주고 난 후에 지랄염병을 해도 했건만_

아… 그러고보니 우리가 제일 처음 술을 마셨던 때도 내가 녀석의 옷에 오바이트를 해서 모텔에서 쇼를 했었던 기억이 나는구나.

또 보고싶어 지네.

엉엉 오빠… 보고싶어. 왜 버린 거야!! 사랑한다고 했으면서… 결혼할꺼라고 했으면서…

"잔말 말고 잔 비었어요. 술 따라요."

"—.,— 내가 호빠(=호스트바의 줄임말)냐?"

"시끄러워요 -_-^ 따르기나 해요…"

비러머글 아홉 개의 다윗인지 지랄인지 새끼는 그렇게… 나에게 마지막 술을 따라 주었다. 그리고 그 술잔의 술이 내 목구멍으로 넘어가는 순간 인간 이은서 인간이길 거부하였다.

"프쉭프쉭 프헹헹 *)_〈* 딸꾹~! 아~ 기분 좋네~ 야야 너 이새꺄~! 일루 가까이 와바."

"= _ =…-_-^…__ __++"

점점 똥 씹은 것 마냥 표정이 변하는 다윗 새끼가 보였지만 지가 어쩔꺼야? -_- 내가 술 취해서 그런다는데 _ 내일 아침에 기억 안 난다구 하면 그만이지 -_-v

애써 화를 꾹꾹 눌러 참으며 =_= 내 옆으로 슬금슬금 오는 놈이 보였다.

"왜…-_-"

"너!! 나하고 무슨 원수가 졌다고 날 이렇게 괴롭혀?? 앙? 내가 분명히 그 날 내 앞에 나타나지 마라고 했었지?? 그런데 지금 왜 내 앞에 있냐? 그리고 임마! 넌 입만 안 벌리고 얼굴만 보면 딱~! 내 스타일인데 진짜 인간이 왜 글케 싸가지가 없냐?"

"-.,—++"

더욱더 일그러지는 다윗 새끼 =_=

그래도 술이 이미 취해버린 내 앞에선 그런 거 따윈 전혀 문제되지 않았다. 술만 먹으면 변하는 난 나수 녀석도 못 막거늘 -_-)v

"임마_! 그리고 선배는 무슨 놈의 선배야! 짜증나게… 그냥 너 오빠할래? 캬캬 어차피 너땜에 그 녀석이랑 헤어져서 나 어차피 이제 정말 오빠라고 할 사람도 없거든?? 으히히히히히…"

"… 헤어… 졌어…?"

쓰벨놈 -_-

헤어지길 간절히 바라며 나수 녀석이 있는 앞에서 버젓이 남의 주둥아리를 훔칠 땐 언제고 이제 와서 심각하게 헤어졌어 란 말을 내뱉는단 말이냐 -_-^

"그려 =_= 너 땜에 헤어졌어 _그러니까 내가 그냥 이제부터 너 오빠라고 불러줄게. 홍알홍알 키키…"

"… 힘들지…?"

ㅡ.,ㅡ

이게 갑자기 왜 이래? 당연히 힘들지. 힘들어서 아주 미칠 것 같다. 정말 내가 왜 살았나 싶구나.

이럴 줄 알았다면… 모든 게 정말 이렇게 될 줄 알았다면… 나는 그 때… 살 필요 없었단 생각을 하고있는데… 그래… 나 힘들어 -_- 아주 힘들어.

니놈이 그때 고깟 키스한 거 때문에 나수 새끼가 삐져서 헤어지자고 한 거 아닌 거 아는데도 나는 널 죽여버려야 속이 시원할 것 같을 정도로 많이 많이 힘들어!!

그런데 지금 내 앞에 널 두고서 이렇게 하소연 하고 있다는 사실들이 더욱더 짜증나!!

ㅠ_ㅠ

"흐… 흐흑… 흑흑… 엉엉… ㅜ_ㅜ…"

나는…=0= 쪽팔리지만… ㅜ^ㅜ

그래도 찔찔거리고 터져 나오는 울음을 참을 수가 없어 도 다윗 새끼 앞에서 기어코 눈물을 터트렸다.

"…… 울어…?"

"응… 흐흑… ㅜ_ㅜ 엉엉 울어 보고싶어. 오빠 많이 보고싶어… 흐흑… 오빠 좀 데리고 와 줘… 흑…"

"나수놈이… 왜… 헤어지자… 던데…"

"싫대…ㅜ0ㅜ 내가 싫다네. 흐흑…ㅜ_ㅜ 그냥 이유 없이 질렸대… 따른 여자 만나고 싶데…흐흑… 엉엉… 흐흐흐흐흑… 보고싶어ㅜ_ㅜ 근데… 나는… 잡지도 못했어. 나 때문에… 혹시라도 나한테 미안해서 다른 여자 맘 편히 못 만날까봐… 그래서 잡지도 못했어. 흑…"

"……"

그때부터 나의 온갖 주접은 시작되었다. 콧물 눈물 범벅을 해가며 다윗 새끼 앞에서 쏟아내며 그 녀석이 보고 싶다고… 데리고 오라고… 난동을 부렸던 걸로 기억되고…

"이이이이잉 TˆT 너 때문이야. 어떡할꺼야~~ 우웅오웅 흐흑…"

"저기…ㅡ_ㅡ 근데 은서야. 머리카락은 좀 놓지 그러니?"

"엉엉 ㅜ0ㅜ 몰라… 흐흑… 나수놈 델꾸와~~ 흐흑… 도대체 내가 왜 갑자기 싫어진 거야. 나 잘못한 거 없는데…!! 아_! 그러고 보니 몰래 부킹도 하구 ㅜˆㅜ 너한테 강제키스도 당했구나.ㅜˆㅜ 그래도…ㅜ_ㅜ …"

"은서야… =_= 많이 취했다. 집에 데려다 줄께. 가자…"

"싫어 ~! 안 갈끄야 ㅜ_ㅜ 안가 안가!!"

술만 먹으면… 집에 안 들어가겠다고 땡깡 부리는 버릇
은… 이렇게… 다시 시작되었다=_=

그 사람 덕분에 나 많이 강해졌습니다.
슬퍼도 웃는 법을 배웠습니다.
그 사람 생각난다고 바보처럼 울 수만은 없었기에
사람들 앞에서 강한 척 웃는 법을 배웠으니까요.
그 사람 덕분에 나 술도 많이 늘었습니다.
생각나면… 한 잔씩 하던 그 술도 어느샌가…
술 한잔 못하던 나를 없애 버렸습니다.
얼굴이 기억 안날 정도로 취해야
슬픔도 덜했으니까요.

그 사람 덕분에
내 주변에 친구들의 우정을 다시 한번 느꼈습니다.
바보같이 힘들어하던 나… 일으켜 주던
내 친구들의 우정을 새삼 느꼈습니다.
옆에서 같이 울어주던 친구들…
그 사람 덕분에 새삼 많은걸 느꼈습니다.
그 사람 말고도
내 걱정해 주는 많은 사람이 있는걸 알았고…
그 사람 말고도
날 사랑해 주는 사람이 있다는 걸 알았습니다.

그런데… 그런데…

많은걸 알았는데… 그랬는데 뭔가 허전합니다.

아직까지는 너무 많이 허전합니다.

아직까지는 그 사람이 걸어주던 전화가 그립습니다.

아직까지는 그 사람을 데려다주던 집이 그립습니다.

아직까지는 그 사람의 목소리가 너무 그립습니다.

아마도 나 그 사람 많이 좋아하는 거 같습니다.

술을 먹어도…

웃는 법을 배워도…

친구의 우정을 알아도…

그래도 그 사람 하나 없다고…

모든 게… 외롭습니다.

그 사람이 나에게… 너무 큰 존재였나 봅니다.

그렇습니다.

나 그 사람이 없으면

아무것도 할 수 없는 바보였나 봅니다.

잊으려 노력해도 나 그 사람 얼굴만 떠오릅니다.

그 사람 덕분에 많은걸 알았지만…

나에게는 그 사람이… 약인가 봅니다.

그 사람이 내 전부인가 봅니다.

<은서 이야기 >

술을 마시면 집에 안 간다구 땡깡 부리며 꼭 사고하나
는 치고야 마는 나 -_-;;

그래서 울 엄마가 내가 술 마시러 나간다면 죽을 듯이
뜯어말리나 보다 =_=

"홍알홍알 *^^* 다윗어빵~ 프힝 이차 가자~ 이차
~~~"

"집에 가야지_"

"싫어 싫어 >_< 나눙 이차 갈래 고고~!"

"-_-^^"

몸이 위로 붕~~~~~~붕~~~~~ 뜬다 -_-;;

내 몸이 무슨 지렛대 마냥 위로 올랐다 아래로 내렸다
하고… 고개 돌리니 뽀샤시한 다윗 새끼의 얼굴이 히끄무
리하게 보인다_

111

뭐냐…

"ㅇㅇㅇㅇㅇ…"

머리가 깨질 것 같은 통증을 느끼며 다음날 오후 2시쯤
에서야 난 잠에서 깰 수가 있었다.

일어나 보니 내 방 침대 -_-

몸이 붕_ 떴던 거 까지는 기억이 나는데… 아이고 _ 그
나저나 왜 이렇게 머리가 지끈거려 ㅠ.ㅠ

철컥 (항상 원초적인 방문 열리는 효과음 -_-;;)

"어? 언니 일어났네??"

"어… 그런데 나 또 뻗었었어??? 아우 _ 머리 아파 죽을 것 같애…"

"훗 _ 그래도 이제 좀 살만 한가보네? 며칠 전까진 아주 시체 마냥 무섭게 있어서 사람 말도 못 걸게 만드는 분위기더니…"

"그래 =_= 미안하구나."

"그나저나 언니…"

"왜 심각하게 부르고 난리야 _ 할 말 있음 빨랑해_!" (<-헤어진 후 정말 막나감)

"언니… 벌써 다른 사람 생겼어?? 아무리 차였다지만… 너무 빠른 거 아냐?"

—.,— 차였다…?

씹탱할 그래 나 차였다!! 그렇다고 꼭 그렇게 내 가슴에 대못을 팍팍 박아야 속이 시원하냐?? 응?? ㅜ0ㅜ

그나저나 얘는 또 뭐가 빠르다는거야!! 알 수 없는 소리 지껄이는데는 도사라니까!!

"머리 아파 죽겠다는데 또 무슨 소리야 -_-^"

"언니… 어제 또 그때 그 사람 어깨에 매쳐져 왔잖아 _"

"그때 그 사람이 누군데?"

"아_ 그 있잖아 나수 오빠랑 얼굴도 비슷한데 성격까지 똑같이 빼닮았다면서 다윗인지 예수인지 언니가 맨날 욕하던 오빠!!!"

-0- -0- -0-

럴수럴수 이럴수!!

그럼 어제 몸이 붕 떴다고 느낀 게 술도 취하고 그래서 기분이 좋은 거라고 착각했던 게 아니고 다윗 새끼가 나를 들쳐매서 그랬었던거야??

"진짜??!! 진짜 그 자식이 나 어깨에 매쳐 가지고 온 거야??!! 응??"

"그렇다니까??!! 뭐 _ 미운 정이라도 든 거야?? 응??"

"미쳤냐!! 죽어도 그 새끼랑은 미운 정이라도 들 리가 없어!!!"

"아님 말지 왜 소리는 질러!! 나 나가!! 여기 꿀물이나 처먹어 쳇!!"

113

언니보고 처먹어가 뭐야 처먹어가!! 버릇없는 기집애 같으니라고 _ _^

그나저나 다윗 이 자식은 이왕 데려다 줄꺼면 고이 업어다 주면 되었을 것을 왜 들쳐매고 오고 난리야!! 어쩐지 삭신이 쑤신다 쑤셔!!!

염병할 =ㅁ=^ (데려다 줘도 고마움을 모르고 더 바람 _ _)

아우 _ 속 쓰려 꿀물이나 마셔야지…

아영이가 두고 간 꿀물을 한번에 쭈욱 들이키고서 오늘은 학교를 가야겠단 생각에 대충 샤워를 끝낸 후 피아노 의자 밑에 처박혀 있던 옷을 꺼내 입었다.

화장을 한다고 거울을 보노라니 -_- 어제 하도 울어서 그런지 눈이 퉁퉁 뿔어 있구나 _

이왕 생각난 거 얼음찜질도 하고 학교에 가볼까?(헤어져도 정말 할건 다함 -.-)

차라리 얼굴을 모르고 살걸 그랬습니다.
그러면 지금처럼 그리워하지 않아도 되었을 텐데…
차라리 이름을 모르고 살걸 그랬습니다.
그러면 지금처럼 누군가를 부르지 않아도 되었을 텐데…
차라리 만나지 말걸 그랬습니다.
그러면 지금처럼 자꾸만 그 사람이 아른거리지 않았을 텐데…
차라리 사랑하지 말걸 그랬습니다.
그러면 지금처럼
한 사람 앞에 이토록 나약해지는 않았을 텐데…
차라리 그리워하지 말걸 그랬습니다.
그러면 지금처럼 사랑하지 않아도 되었을 텐데…
그것도 아니라면 차라리 조금 서둘러 만날 걸 그랬습니다.
그러면 지금처럼 가슴 태워야 하는 시간은 지났을 텐데…

<다윗 테마>

114

냉장고에 있는 얼음을 꺼내 엄마에게 호랑말태 같은 논

이라는 알 수 없는 욕까지 얻어먹으며 얼음찜질을 했건만 -_-ㅋ

전혀 가라앉을 생각을 안 하는 퉁퉁 부은 나의 눈_

젠장 -_-^ 나도 몰라_ 생긴 대로 살아야지 괜히 쓸데없이 시간낭비하면서 발악했네!

그렇게 붓기가 빠지다 만 붕어눈으로 집을 나섰다_

아… 그나저나 행여라도 학교에서 녀석을 마주치면 난 어떤 표정을 지어야하지? 헤어진 후 처음 학교를 가는 것이기에 여러 가지 걱정부터 앞서는구나 ㅠ.ㅠ

정녕 우리가 헤어진 거란 말이냐?? 아직도 이렇게 실감이 안 나는데!!

ㅜ_ㅜ 혹시 내가 3초 닭대가리라서 차인 건가?? 흑흑…

#학교

일단 학교 안으로 들어오긴 했는데…-_-;; 길에서 행여라도 나수 녀석 마주칠까봐 간이 조마조마한다. 제길_

수업 때문에 강의실 문 앞까지 오고 나서도 문을 열면 강의실 안에 나수 녀석이 있을까봐 문을 못 열고 앞에서 안절부절하고 있기만 한 나_

어쩌지? 들어… 갈까…?? 그냥… 제껴??

아니야 아니야 (--;)(--)(--;)(--) 이렇게 피한다고
될 일이 아냐 ㅠ_ㅠ

그래! 일단 들어가고 보자!!

대차게 문을 열고 (눈은 꼭 감고 -_-;;) 안으로 들어갔다.
심호흡을… 크게 하고 눈을 떴는데 나수 녀석은 없고 =_=
항상 내가 앉는 자리의 옆자리에 앉은 지랄 맞은 아홉 개
의 다윗 새끼_

"헤이 걸~ 컴온 ^-^"

니가 무슨 장혁이냐??

116

♫스쳐가는 내 모습이 내게 익숙한데
모르는 척 지나치긴 너무…

앗싸~! ♫

아!! 이게 아니구나 _

써글놈 왜 하필 저기 앉아있는 거야!! ㅜ_ㅜ 저 자리 위
에서 자면 잘 때의 추한 모습 다 보이는데 ㅠ_ㅠ!!!

다른 곳에 앉고 싶어도 그럴 수가 없단 말이야!!

다윗놈 옆에 앉아야 하는 건 죽기보다 싫지만_ 그렇다
고 추한 모습을 온 학생에게 공개하며 자야한다는 건 더
욱 더 고통스럽다 -0-

오… 주여 ㅠ0ㅠ

다윗놈아! 나는 정말 니녀석이 너무너무 싫어 ㅜ_ㅜ!! 제발 내 눈앞에서 좀 사라져다오!!

할 수 없이 다윗놈의 옆자리로 다가간 나 _

어머니 ㅠ0ㅠ!! 딸은 이렇게 고통스러운데 어머니는 대체 어디서 무엇을 하고 계시나이까!!

뭐하긴 -_- 집에서 낮잠 자고 있겠지 _

"잘 잤어? ^-^"

"-_-^ 그럭저럭요."

"갑자기 왜 높임말이야?"

"제가 언제는 낮췄나요? 선배 대접 해달라면서요?"

"술 마시고선 반말했잖아 _ 그리고 나보고 오빠 해달라고 하면서 _"

머리도 좋은 놈!! 이래서 잘생긴 것들이 싫어!!

왜?? 머리도 좋고 잘생겼고 -_-^ 대부분 보면 집까지 잘 살거든!!!

"글쎄요? 전 기억이 안 나는걸요?"

"그래? ^-^ 그럼 이제 오빠라고 안 불러?"

"내 맘이죠 _"

"은서 오늘 너무 딱딱하다 ~"

짜증짜증짜증 __+++++++++++++

"선배 원래 싸가지 없고 말이 없는 사람으로 알아왔었는데 오늘 참 새로운 모습을 많이 보여 주시네요 -_-^"

"나?? ^-^ 니 앞에서만 그래…"

우웩 ㅠ▽ㅠ 오바이트가 절로 나온다.

"선배 나 좋아해요?"

"너 나수랑 몇 년 사귀다 보니 너까지 병이 번졌구나 -_-;;"

짭 -_-;;

내딴엔 한방 먹일려고 한 건데 왜 내가 도리어 당한 것 같지??

교수님이 들어오기 전까지 내내 옆에서 씨불렁거리던 다윗 새끼는 강의가 시작되자마자 엎드려 자기 시작했다.

알 수 없는 놈 =_=ㅋ

118

짭_ 그나저나 나도 자야하는데…ㅠ^ㅠ 하지만 다윗 녀석의 얼굴로 햇빛이 반사되어 광채가 나는 덕분에 잠을 이룰 수가 없다.

이런 제기랄!!

다윗놈의 옆자리인 것까지 감수하고서 잘려고 이곳에 앉았건만!! 결국 할 수 없이 잠을 포기하고서 옆에서 엎드려 자고 있는 다윗놈을 슬쩍 곁눈질로 쳐다본 나_

이 녀석도 역시 자고 있을 땐 천사구나 -_- 나수 녀석도 자고 있으면 천사인데 -

자세히 보니 피부가 굉장히 뽀샤시 하다못해 땀구멍까지 없는 피부_

재수 없어 –_–^

"돈 내고 봐…"

그런와중 갑자기 중얼거리는 다윗 녀석 –0–

뭐… 뭐야 –0– 자는 거 아니었어? 아우 _!!

민망해 ┬_┬

"뭐… 뭘… 돈을 내고 봐요!!"

"내 얼굴 비싸_ 돈 내고 봐."

"선배 얼굴 따위 본적 없어요 –0–!!"

"나수보다 내가 더 잘 생겼지? ^–^"

"선배 얼굴 따위 본적 없다니까요!!"

"나수가 잘 생겼어? 내가 잘 생겼어?"

동문서답하는 다윗 새끼 ┬^┬

나쁜 새끼 ┬^┬

써글 새끼 ┬^┬

또 나수 이름 꺼낸 비러머글 새끼 ┬^┬

"……"

"너 왜 갑자기 불쌍한 표정 짓냐? 지금 딱 그렇게 육교 가면 디게 동전 많이 받겠다."

나쁜 놈!!

내 맘은 너 때문에 찢겨져 나가는데 그딴 소리가 나오냐!!! 흑흑…

왜 자꾸 잠시 잊기만 하면 그렇게 나수 녀석의 이야기

를 꺼내서 다시 상기시켜 주는 건데!!

"___^ 선배… 는… 참… 농담도 잘하시네요. 하하…"

"어?? 나 농담 못하는데?"

칭찬인지 욕인지도 분간하지 못하는 녀석 _

도대체 예전에 커피숍과 나이트의 모습은 다 어디로 갔단 말이냐!!!

가끔 이런 생각이 든다. 나수 놈이랑 라이벌이 될 만큼 싸이코에 이중인격에 싸가지 없음은 확실하지만 나수놈보단 약간 띨구 같다고 -_-

……

일어난 다윗 녀석과 다시 실갱이를 벌이는 중 어느덧 강의는 끝나고 _

빨리 일어나서 나가버려야지_ 다윗놈에게서 벗어나야해 _!!!!

교수님이 나가시자 마자 기차보다 긴 다리… 무쇠보다 강한 다리로 전속력을 당해 강의실을 튀어나갔다!!

"헉_ 헉 _ 헉 _"

"혼자 야한 생각이라도 했어? 왜 그렇게 헉헉대?"

젠장 _ 언제 또 따라온 거야!!

"ㅜ_ㅜ… 아니요. 숨이 차서요. 선배… 볼 일 보러 안가요?"

"나 볼 일 없는데?"

120

"저는 볼 일이 있거든요? 그럼 이만 가 볼께요."

"나 너보고 가지 말란 소리 안 했는데?"

-0-^ 제기랄! 그러면서 쫓아오긴 왜 쫓아와!!

"그런가요? 하하 -0- 그럼 전 이만 가요 -_-"

"잠깐만~!"

"왜요 -_-^"

"놀러가자 ^-^"

"볼 일 있다고 가야한다니까 가라면서요!!"

"난 가지 말라고 했단 말은 안 했었다 했지. 꼭 가라고
도 안 했는데?"

어련하시렵니까?

(page number) 121

젠장!!

"하하 -_-;;; 그러면 저 좀 가라고 해주실래요??"

"나랑 놀러가자니까? ^-^"

"볼 일이 있다니까요!!! -_-^" (사실 개뿔쥐뿔도 없음-_-)

"놀러가자니까 ^-^"

"아_ 글쎄 볼 일이 있다니까요!! -_-^"

"놀러 가자니까??? ^-^"

"볼 일 있다고 했잖아욧!!"

"자_ 차 타러 가자 _♬"

그렇게 _ 난 내 의사와는 전혀 관계없이 또다시 다윗
자식에게 질질 이끌려 어디론가 향하고 있었다.

"도대체 지금 어디 가는 거예요!!"

"글쎄 _ 어디로 갈까??"

"내가 어떻게 알아요!!"

"^-^ 그럼 내 맘대로 갈께~"

니 멋대로 하려무나 -_-^

어느새 다윗 자식과 함께 도착한 곳은 삐까뻔쩌그르한 외관을 가진 알 수 없는 곳_

혹시… 러브호텔은 아니겠지? *-_-*

"내려."

"-_-;;;"

싸가지 없는 다윗 새끼… 짜증이 난 나는 내리자마자 날 소리쳐 부르는 것을 뒤로한 채 혼자 먼저 건물 안으로 향했다.

그러나 입구에서 나수 녀석의 사촌님들과 비슷한 조폭 늠들이 나의 길을 막고 선다.

왜!! 왜!! 막는 거야 -_-+++++++

꿍시렁꿍시렁대며… 앞에 그냥 서있는데…-_-;;(<- 무서워서…) 뒤따라오던 다윗새끼 도착하자마자 웬 카드를 들이미니까 사촌늠들과 비슷한 조폭 아찌들이 길을 비켜 서신다!!

아… 이것이 권력남용 돈만 있음 다되는 우리나라의 현실이었던가 -0-!! (혼자 앞서나감-_-)

"___^ 세상은 그렇게 돈만 있다고 되는 게 아니에요."

"그게 아니고 여긴 회원제거든?"

"어쨌든 돈이 있어야 회원제가 가능한 거잖아옷 -0-!!!"

"여기 그냥 한 달에 백만 원씩만 내면 회원 될 수 있는데?"

너도 지금 니네집 잘산다고 내 앞에서 째는거냐 -0-)++++

"시끄러워옷 -0-!!"

백만 원이라는 돈을 아무렇지도 않게 이야기하는 다윗 자식을 제쳐둔 채 조폭 아저씨들을 통과하자마자 다시금 다윗 녀석을 제쳐버리고 혼자 뚜벅뚜벅 안으로 걸어 들어갔다.

......

안은… 더 삐까뻔쩌그리하구나 -0-

락카페 같은 곳인 거 같은데_ 놀고있는 사람 모두들 때꾸정물이 아닌 귀티가 질질 흘러내리는 게 매달 백만 원을 주고 회원을 한다는 게 이해가 가는구나 -_-^

돈이 남아 도는 것들 같으니라고!

어쭈? 게다가 노는 것들의 꼬락서니를 보니 대부분이 명품이다_

정말 재수 없구나 _!!

지금 북한의 어린이들은 굶어 죽어가고 있고 저기 저 _
지구 반대편에선 기아로 배고픔에 허덕이고 있는데 몇 백
만 원씩이나 주고 산 옷과 가방을 가지고 이런데 와서 놀
고 자빠져 있다니 −_−+++ (사실 부러워서…ㅡ..ㅡ:; 아직 기아
걱정하며 살아본 역사 없음!)

"주문하시겠습니까~?"

칵테일 바에 앉은 나에게 묻는 바텐더언니 _ 그나저나
내가 뭘 알아야 주문을 하지!! 굳게 입다물고 가만히 있으
니 다윗새끼 −_−^^ 사람 민망하게…

"얘는 그런 거 모르니까 그냥 마티니 주고 난 올드패션
드로 줘요."

124

※여기서 잠깐!!

칵테일 상식 ㅡ..,ㅡ
마티니
진=45ml, 마주왕 화이트 또는 드라이 버머스=15ml,
올리브=한 개가 들어가며 얼음과 함께 위의 재료를 보통
글라스에 넣고 5~6회 정도 잘 젓는다. 얼음을 제거한 후
칵테일 글라스에 따르고 올리브를 장식한다. 칵테일로써
매우 순함 =_=
올드패션드

위스키=45ml, 각설탕=1개, 소다수 또는 탄산음료
=20ml

앙고스트라 비터즈 약간을 올드 패션드 글라스에 설탕, 약간의 비터즈와 소다수를 넣어 녹인다. 얼음 3~4개를 글라스에 넣고 위스키를 따른다.

레몬 슬라이스, 체리를 장식하는 칵테일로써 위스키 특유한 맛이 살아있음 -_-

물론 위의 위스키 상식은 작가의 기본 상식이 아니며 베껴온 상식임을 미리 알려드리는 바입니다 -.-

마티니는 뭐시고 오바이트 패숀쇼인지 지랄인진 또 뭐다냐? 어이없어 하는 내 표정을 보더니 피식 _ 웃는 바텐더!!

뭐야!! 비웃는 거냐?? 응?

다윗 써글놈 -_-^^

내가 아무리 몰라도 그렇지 쪽팔리게 바텐더보고 그딴 말을 씨부려대?

하여튼 싹수가 노란놈이라니까!!! 그러니까 바텐더까지 날 무시하지 ㅜoㅜ!!

하여튼 절대 좋아할래야 좋아할 수가 없어!!

다윗놈이 주문한 내 칵테일 마티니가 나오고… 그래도 바텐더 언니 피식 웃는 게 재섭긴 해도 칵테일 만드는 폼

하나는 예술이더군 -_-^

짭…

칵테일의 색깔이 무진장 이쁘다 _ 이걸 아까워서 어떻게 먹어 ㅜ_ㅜ 한참 동안 먹어야 할지 말아야 할지의 심각한 고민에 빠져있는데

"꺄아~~~~~~나수야 정말?? 고마워 〉_〈"

킥 _ 이게 먼 소리야??

난 아직 칵테일 맛도 한번 못 봤는데 벌써 취해서 그 녀석의 이름이 환청으로 들리나?? -_-?

하지만 또다시 똑똑이 들려오는 소리 _

"쪽쪽!! 나수야 정말 고마워_♬"

126

오도방정을 떨어대며 말하는 어떤 니미럴논의 말에 똑똑이 들어가 있는 이름 나수 -_-…

나수… 나수…

설마… 녀석이 여기에 있는 건 아니겠지?

에이 ~ 설마 -_-;;;

하지만 원래 세상이 그렇듯이 설마는 항상 사람을 잡는다 _

은서님 말씀 =_=v

당신은 나에게서 너무 멀리 있습니다.

지금 난 너무 힘이든데…

그래서 당신의 따뜻함이 너무도 필요한데…

난 당신께 다가설 수 없습니다.

혹시 이런 나 때문에 고민하지 않을까.

나에겐 전부인 당신이지만…

당신께는 전부가 아닌 나이기에…

이렇게 바라볼 수밖에 없고…

당신의 행복만을 빌 수밖에 없습니다.

당신을 위해 서라면… 나를 버릴 수도 있는데…

그러면서도 쉽게 당신께 말을 할 수가 없었습니다.

이렇게 당신 곁에서

그저 당신만 바라보는 것도

나에겐 행복이지요.

당신께 이런 내 맘 보여주고 싶지만

그럴수록 내 두려움은 더 합니다.

정말 소중한 당신을

다치게 하는 게 아닌가 하는 나의 나약함…

마음속의 당신은 나의 전부입니다.

왜냐면 나에게

살아갈 수밖에 없도록 만든 당신이기 때문입니다.

앞으로도 당신 생각만 하면서… 견뎌내렵니다.

힘이 들지만

당신이 나의 곁을 떠나가는 순간까지

당신의 곁을 지키겠습니다.

연인이 아닌 소중한 사람으로…

그대 곁에 내 존재가 너무나 작아도…

결코 실망하지 않겠습니다.

이것이…

나에게로의 마지막 소원입니다.

<다윗 테마>

나수 녀석은 이 곳에 없노라고 스스로를 납득시킨 채 이쁜색의 칵테일을 홀짝 홀짝 들이키기 시작했다.

색깔도 이쁜 게 맛까지 좋네 그려 _

한참 처음 접해보면 아주 이쁜 칵테일의 맛에 허우적대고 있을 때쯤 다윗 새끼 날 툭툭 치더니 나가자고 손짓을 한다.

설마… 나가자는 건… 춤추러 나가자는건가 -0-?

"왜 사람을 치고 난리예요 -0- 그냥 말로 하면 되지!!"

"시끄러워서 잘 안들리잖아!!"

"잘만 들리네요!!!"

"여기는 조금 조용한 곳이니까 그렇지 -_-^"

"아무튼_!! 그나저나 진짜 왜 친거예요!!"

"척하면 모르냐! 춤추러 나가자고!!"

128

역시 그거였구만 −_−;

"난 춤 안 춰요!!"

"왜!!!"

"아_ 글쎄 내가 안 춘다면 안 추는거지 뭐가 그렇게 궁금한 게 많대요??!"

다윗 자식을 향해 당당하게 소리쳤지만 내 몸은 다시 붕 _ 떠버렸고 어느새 녀석의 어깨에 대롱대롱 매달려 스테이지 쪽으로 이동하고 있었다.

"으아아아악!! 야이 자식아 이거 안 내려놔?? 어??!! 빨리 내려놔!!"

"싫어 ^-^"

역시!! 이 자식을 따라오는 게 아니었어 ㅠ^ㅠ!!

죽어도 집으로 갔어야 하는 건데!! 녀석에게 강제로 이끌려 도착한 스테이지 _

하지만 나이트라곤 싫어해서 춤이라고는 제대로 춰 본 적이 없는 내겐 정말 고통스러운 스테이지일 뿐이었다.

그저 멀뚱멀뚱하니 가만히 서있기만 하는데 다윗 새끼는 뭐가 그렇게 좋은지 혼자 눈웃음까지 쳐가며 흔들어대고 있다.

"뭐해~ 춤 안 춰?"

"나 춤 못 춰요 −_−"

"에이~ 그런 게 어딨어!! 빨리 춰봐."

-;- 집요한 놈

"진짜 춤 못 춘다니까요??"

"나보고 믿으라고??!!"

"진짜 못 추는데 어쩌라구요!!"

"내가 여기서 키스하면 너 춤추겠지??"

"-0-!!!"

그때부터 제멋대로 움직이기 시작하는 나의 몸 _ 역시 난 몸이 먼저 반응하는 기집애였구나 ㅠㅠ

어라? 그런데 조금씩 되기는 되네??

몇 분 정도 음악에 몸을 맞긴 채 생각 없이 흔들어 대다 보니 나도 모르게 다른 사람들과 다름없이 춤을 추고 있는 내 모습을 발견할 수 있었다.

131

그래도 니코틴년 따라 _ C양 따라서 가끔 나이트를 다닌 게 이제야 진가를 발휘하는 건가?

시간이 흐를수록 허리도 조금씩 돌아가고 _ 그때부터 모터싸이클 바퀴가 금방 기름칠을 한 것 마냥 발동이 걸려서 신나게 흔들어대기 시작했다!

"오오~ 못 춘다며~ 아주 물 만났는데?"

"시끄러워요! 조용히 하고 춤이나 춰요~"

"ㅋㅋ 그래 _ ! 잼 있어!!!??"

"글쎄요~ 후훗"

그래도 나름대로 다윗 자식 덕분에 조금씩 나수 녀석의

생각을 잊고 지내고 있는 듯하다. 물론 원인제공이야 저 녀석이었다만 -_-^

나름대로 자신의 죄를 만회하려고 하는 건지 내게 부쩍 신경을 쓰는 다윗_

그렇게 한참을 놀다가 자리로 돌아가기 위해 스테이지를 빠져나오는데…

……

… 아니라고… 그럴 리가 없다고…

절대 그럴 리가 없다고… 혼자 단정짓고 있었는데… 내 눈앞에 나수 녀석이 보인다.

그것도… 술이 잔뜩 취한 채 야시시하게 옷을 차려입고 머리는 양아치 샛노랑 머리의 어떤 기집애와 함께_

그럼… 설마 아까 쪽쪽 소리까지 내며 나수야 고마워 어쩌고 하던 기집애가 저 기집애야?

……하하…;;

정말 있었다니… 환청이 아니었다니_

다행인지… 불행인지… 나수 녀석… 아직… 날 발견하지 못한 것 같다. 그리고 술에 취했지만 쉴새없이 웃으면서 그 야시시한 샛노랑 머리년의 품에 안겨서 행복한 듯 보이지만_

나… 난… 그저… 지나가던 길에 우뚝 멈춰서서… 무려 5일간이나 보지도 못한 나수 녀석을 쉴새없이 보고있기만 했다.

　헤어진 그 녀석을… 지금 다른 여자 품에 안겨 웃는 그 녀석을 _

　그럼에도 불구하고 아직까지 잊지 못한 내 목숨보다 귀한 사람을… 다시는 못 보지 않을까란 생각에 행여나 머리카락 한올까지 놓칠세라…

　"잘… 지내고 있네?"

　… 다윗새끼… 그래…결국… 이거였구나.

　나쁜놈… 놀자면서… 싫다는 거 억지로 끌고 왔던 게… 결국… 이런걸 보여주려고 데리고 온 거였냐??

　그런데… 왜 그렇게 웃었니…?

　내가 너 바보같이… 좋은 사람이라고 믿어버렸잖아. 그래도… 괜찮은 사람이라도 믿었는데…

　결국은… 그게 아니고 이런 거였구나…

　이 잔인한 모습을 내게 보이려고…

　그럴려고… 날 데리고 온 거니?? 응??

　왜… 왜 그렇게 날 미워해.

　내가 대체 너한테 무슨 잘못을 그렇게 했길래… 날 이렇게 힘든 수렁에만 자꾸 빠뜨려 넣을려고 하는 거야.

　"개자식… 이거… 였어?? 하하하하…"

　눈물이 흐른다.

　불과 5분전까지만 해도 좋았었는데… 한순간에 저 벼

랑끝으로 떨어진 것만 같다.

"여기서 계속 서… 있음 아마 나수가 널 발견 할껄??"

"……"

힘겹게… 다시 자리로 가기 위해 한 걸음 한 걸음 발걸음을 옮기는 나_

한 걸음… 두 걸음… 세 걸음…

앞이 뿌옇게 흐려진다. 안개가… 낀건가…??

참아왔던 눈물이 쉴새없이 쏟아지며 눈앞에 가려지는 다윗 새끼의 손 _

그리고 가려지는 다윗 자식의 손과 함께 나를 발견하고 놀라더니 이내 안겨있던 그 여자와 키스를 하는 나수 녀석_

왜… 눈물이 나는 걸까?

그래… 이미 나랑 헤어진 사람 _

그 사람이 새로 만난 다른 사람과 애정표현을 하는 건 당연한 건데… 그렇지만… 이건 너무 빠르잖아.

아직 헤어진 지 5일밖에 되지 않았는데 내 앞에서 이런 건 너무 잔인하잖아.

몰랐다… 정말… 오빠 이렇게까지 잔인한 사람이었는지 삼 년 동안 한번도 몰랐어.

그런데… 지금 가려진 이 손의 의미는… 뭐지?? 이런 꼴을 보라고… 이런 거를 보고 더욱더 상처받으라고… 여

기까지 데리고 온 거면서… 그런 거면서 _

왜 손으로 내 눈을 가리고 있는 거야!!

하지만…나도 모르게 그냥 다윗의 손에 눈을 가린 채로 걸음을 옮겼다.

그러고선… 눈물이 범벅이 된 채 핸드백을 챙겨서는 가게 밖으로 뛰쳐나왔다.

"흑… ㅎㅎㅎㅎ흑… ㅎㅎ흑… 흑… 흑…"

"… 괜… 찮아?"

"괜찮긴 뭐가 괜찮아!! ㅎㅎ흑… 니가 그렇게 만든 거잖아. 니가 보란 듯이 날 데리고 간 거잖아. 흑…"

"……"

다윗 새끼…… ㅜ_ㅜ

괜시리 미안하게 왜 말이 없어!! 원래의 니 본모습이 싸가지 없는 투로 나와야지 -_-^^

콧물 눈물 범벅이 되어서는 도저히 멈출 생각을 안 한다 ㅠ_ㅠ

"우리… 술 마시러 갈까? ^-^"

"어제 마셨잖아."

"-_- 근데 너 왜 또 갑자기 반말이야?"

그래서 이 씨불랑놈아 -_-^^ 내 맘이야 불만 있어??

"내… 내… 맘이야 왜? -_-^^" (←순간 약간 쫄았음 -_-:)

"응."

쓰글 = _=++++++

"야!! 너 도대체 나한테 왜 이러는 거야? 어??!! 놀러가자 어쩌자 _ 매일 귀찮게 굴고 이렇게 억지로 질질 끌고 가서는 내 가슴에 못질하고 도대체 왜 그러는 거야 왜!!"

"나수 녀석 빨리 잊어버리라고."

"뭐?? 뭐라고???!!"

"가자 _ 내가 좋은 곳 알고 있거든 ^-^"

그렇게 또다시 내 말은 안중에도 없다는 듯 날 억지로 차에 밀어 넣고선 차를 출발시켜버리는 다윗 자식과 함께 다시금 어디론가 이동하기 시작했다.

내 앞에서 샛노랑 머리 양아치 기집애와 키스를 하던 나수 녀석을 뒤로한 채…

어느새 다윗 자식은 또다른 삐까삐쩌그리한 곳으로 나를 데리고 왔다.

역시나 들어갈 때 뭔놈의 카드를 제시하는 곳 -_- 하여튼 비싼 곳만 골라서 다니는구만?

니가 정 _ 이런 식으로 나온다면 내가 아주 껍질까지 벗겨 먹어주마!!!

들어가자마자 양주를 시킨 나 _

솔직히 내가 양주에 대해 멀 알겠니?

그저 웨이터보고는 무조건 제일 비싸고 독한 걸로 내오라고 했다.

순간 다윗놈의 표정이 약간 일그러지는 게 보였다만 지가 어쩔꺼야? 뭐 _ 이곳에 들어와 놓고 나한테 왜 비싼 거 시키냐고 웨이터가 있는 앞에서 지랄을 할꺼야 뭐야 _ 흥 _!!

　　어느새 내가 시킨 듯한 제일 비싸고 독하다는 양주가 나오고 _

　　정말 웨이터녀석 내 말을 엄청 잘 들은 건지 아님 지녀석도 한몫 잡았다는 생각에 아주 작정을 하고 들고 나온 건지 얼음을 한껏 넣고 오랫동안 희석을 시켜 마시고 있음에도 불구하고 조금씩 술이 목젖을 타고 들어갈 때마다 속이 불바다가 되어 타들어만 가는 느낌이다.

137

　　그래도 죽어도 이 한 병을 다 마셔버리고 말겠다는 생각에 꾸역꾸역 입안으로 밀어 넣는 나 _

　　"어지러워… 화장실 가고싶어."

　　"화장실?? 여기서 나가서 저 앞으로 가면 있어."

　　"알았어요…"

　　비틀비틀 _

　　화장실로 향하는 나 _

　　왜 이렇게 내 몸이 비틀거리냐 _

　　방금 전 잔을 마실 때까지만 해도 괜찮았는데… 역시 양주란 이렇게 확 _ 가버리는 건가??

　　힘들게 비틀거리며 화장실에 갔다가 다시 돌아온 나 _

하지만 그 이후로 아주 핑 _ 하고 가버린 듯하다.

"흐흐흑… 이 나쁜 자식아… 다 너 때문이야… 너 때문. 나수 녀석 앞에서 억지로 키스해서 우리를 헤어지게 만들면 됐지. 왜 날 거기로 데려간 거야. 흑… 나쁜놈아… 너 정말 너무 싫어… 너무 싫어… 흐흑…"

"……"

이미 취할 대로 취해버린 나의 주정에 아무 말도 없는 다윗 자식 _

쇼파에 드러누운 채 한참동안을 눈물만 흘렸다. 다윗 자식에게 이런 내 모습이 어떻게 보이든 신경도 쓰지 않은 채 _

그리고 그런 내 모습을 보며 갑자기 한마디 말조차 하지 않는 다윗 녀석 _

"야이 새끼야… 흐흐흑… 말을 하란 말이야. 왜… 왜 말을 안 해. 흐흑…"

"…- _^…"

그래도 새끼란 표현이 들어가자 조금이라도 표정에 변화를 보이는 녀석 -_-

"니가 그렇게 표정 일그러… 흐흑… 뜨리면 어쩔껀데… 내가 나수가 딴 여자랑 흐흐흑 엉엉어어엉… 키스… 흐흐흐흑… 으아아아아앙…!!"

그렇게 흐느끼다가 결국엔 어린아이처럼 펑펑 울어버

린 나_
　그런 날 보며 다윗은
　"… 미안하지… 않아."
　랜다_
　이게 무슨 소리야?? 미안하지 않다고?? 지금 무릎을
꿇고 싹싹 빌면서 미안하다고 사과를 해도 상처받은 내
가슴이 아물까 말까한 이판에 전혀 미안하지 않다고??
　니가 진정 인간이더냐!! 앙??!!

멀리 있어도
내 그리움이 새벽 물버락처럼
그대를 몰고 옵니다.
밤에는 아름다운 꿈으로
아침에는 창문을 열고 가슴을 열고
돋아나는 햇살 같은 희망으로 그대를 몰고 옵니다.
얼마만큼 걸어가야 그대에게 닿을지
그대여, 언제까지 그리워해야
그대가 나를 사랑합니까

<다윗 이야기>

너무 열이 받아서 -_-^ 술이 취해 손에 힘이 들어가지

않음에도 불구하고 그 비싼 양주를 다윗 새끼의 잘나빠진 면상때기에 확 부어버렸다!

　물론 뒷일이 걱정되지 않는 건 아니다만 일단은 나도 몰라 -_-^

　"개새끼… 니가 인간이야? 응?? 흐흑… 그딴 짓을 해놓고도 미안하지가 않아??"

　"……"

　…-_-;;…

　무… 무섭다.

　반박이라도 해주면 맘이 편할텐데… 갑자기 말 없으니까 왜 이렇게 내가 미안한 건데!! …화내야 할 사람 분명 내가 맞는데!!!

　"왜… 왜… 또 말을 안 해!!"

　"… 나를 용서하지 않아도 좋지만… 미워… 하지는… 마…"

　이건 또 무슨 소리야!! 용서하지 않아도 좋은데 미워하지 말라니?? -_-?

　"미쳤냐?? 알아듣기 좋은 말로 이야기해!! 이씨… 너 땜에 놀래고 열 받아서 눈물까지 다 그쳐버렸잖아!!"

　"……^^… 잘~ 됐네…"

　알 수 없는 녀석 _ 갑자기 얼굴에 미소를 띄운다.

　그러더니 또다시 _

"은서야… 나 좀… 잡아줄래…?"

-_-… 재 또 머래니… 무슨 지가 멍멍이야? 잡긴 또 멀 잡아_

"나 좀… 잡아 줘… 멈추고 싶은데 그게 안돼… 나 좀 니가 잡아주라…"

넌 머가 그렇게 멈추고 싶은 건데… 그렇게 멈추고 싶은데 머가 안 되서 그러고 있는 건데 … 날 미워하면서… 날 이렇게 상처를 주면서… 왜 나한테 이러는 거니. 용서 하지 말라니…그러면서 또 미워하지 말라니…

……

멈추고 싶으니 제발 잡아 달라니…!!!

"내가… 내… 내가 왜 선배를 잡아요? 그런 건… 선배 애인이 하는 거죠."

마땅히 할 말이 없어 쓴웃음만 나오고… 다윗놈에겐 야 _ 란 호칭 대신 내 입에서 다시 선배란 말이 나오고 있었 다.

나는… 자신이 없다. 이런 식으로 다가오는 다윗 녀석 을 받아들일 자신도 없고… 나수 녀석을 이렇게 쉽게 잊 어버릴 만한 자신도 없다.

그리고 결론적으로…… 나는 아직도… 다윗 새끼가 나 수놈이 눈이 낮다고… 했었단 사실을 잊지 않고 있다 -_- ^^

"홋… 또 선배네?? 넌… 항상… 나에 대한 미운 감정조차도… 없어질 때만… 날 향해 선배라고 불러주는구나…"

그나저나 얘가 오늘 정말이지 약을 먹었나 왜 이렇게 미친 짓이야!! 정말 미쳐야 하는 사람은 나인데!!!

내가…-_- 잠 온다는 표정을 짓자_

"^-^ 미안… 사실은 장난이었어 >_< 나 연기 잘하지?? 히힛 한번 탤랜트 시험이나 쳐볼까 하구 연습했어~"

-0- -0- -0-

자… 잠깐!!

그래도 나 지금 솔직히 어느 정도라도 심각했었거든? 그런데 지금 이 새끼 나 가지고 또 논거 맞지?? 응 -0-??

ㅜ0ㅜ ㅜ0ㅜ …..

…… ㅜ0ㅜ…

내가 니놈의 장난감이야?? 응??!! 꼭 이런 날까지 날 가지고 놀아야겠냐!!

…… ㅠ0ㅠ……

내가 이래서 널 싫어하는 거야!!!

"하하하하하…-0-… 참으로 취향도 독특하시네요. … 그런 건 선배 항상 말씀하는 대로 이~~뿐 여자 앞혀놓고 연습하시는 게 나으실 텐데 -_-^"

"내가 원래 한 특이하잖아? 못생긴 애 두고 하는 게 더 잘되더라고~ 놀리는 재미도 있고 _♬"

써글놈!! 너는 내가 누누이 말하듯이 정녕 인간이 아니
고 악마일꺼야!!

그렇게… 난 녀석을 향해 울부짖었고 또다시 눈을 떴을
땐 시끄럽게 떽떽거리는 소리가 들려오는 내 방이었다 _

……

"야!! 빨리 옷 갈아입어!!"

ㅇㅇㅇㅇㅇ ㅜ_ㅜ

왜 아침부터 시끄럽게 이 난리인 거야… 도대체 누구
야!!

"누구야!!!"

침대에 어제 고꾸라져 있던 포즈 그대로 소리를 지른
나_

하지만…=_=…

"… 하하하… 웬일이니 주희야 이른 아침부터…-0-?"

"이른 아침? -_-+++++++ 해가 중천에 떠서 이미 뉘
엿뉘엿 넘어갈려는 중이다!!"

……-0-……

…-0-……

……-0-……

분명 새벽이라고 생각했건만…-0-…

나는 두세 시간 밖에 자지 않은 것 같은데…-0-…

"그래 -0- … 하하 -0-… 낮이든 밤이든 정말 갑자기

웬일이니…?"

"웬일…?-_-++++++++ 지금 니년 주둥아리에서 웬
일이 나와?? 앙?? 오늘 애들이랑 오랜만에 만나기로 했던
날인 거 다 잊었어??!! 하여튼 무슨 너는 까마귀 고기를
시시때때로 삶아서 먹었냐!! 게다가 기집애 얼굴 꼴이 이
게 대체 뭐야!! 도대체 몇 날 며칠을 술만 퍼마셨길래 얼
굴이 이 모양이 된 거야!! 잘한다 잘해~ 아주 잘~ 하고 돌
아다니지? 이런 거 보면 아주 나수 오빠가 덩실덩실 춤을
추고 노래를 부르겠다. 얼른 잘 헤어졌다고!!"

말을 해도 아무튼 꼭 그렇게 가슴에 비수를 꽂는 말을
해야겠냐 ㅠ.ㅠ

사람을 보자마자 가슴이 찢겨져 나가는 말들만 해대는
니코틴년 _ 그나저나 오늘이 애들 만나기로 한 날 이었구
나 ^0^;;

그래 _ 이름하여 세븐 프린세스 _ 고딩 시절 아주 즐거
운 시간을 가지게 만들어 주었던 엽기적인 그녀들의 모임
_

그게 바로 오늘이었다니 ㅠ^ㅠ!!

다윗 새끼가 하도 옆에서 정신 없게 지랄을 해대는 사
이에 깜빡하고 잊었네 ㅠ_ㅠ 어떡해~~~

그나저나 나이 스물이나 되어서까지 칠공주란 이름을
가지고 있어야 한다니 서럽구나 서러워 ㅠㅠ!!

"ㅜoㅜ 주희야~~ 어떻게 해~~~~~ 깜빡했어 흑흑_ 안 늦었지?? 응??"

"매우나 미안하지만 벌써 약속시간이 20분밖에 남질 않은 듯 하구나 -_-^"

하나님!! 정녕 저를 버리십니까!!! ㅜoㅜ

어쩌지……(--;)(--)(--;)(--)

이렇게 폐인인 상태로는 20분 안에 어찌해 볼 도리도 없고 ㅜoㅜ 그렇다고 이 상태로 나가면 _

아마도…-_-

그 나머지 여섯 명들은 나를 죽여버릴지도 몰라 -0-!!

이 일을 어찌하면 좋단 말이냐 _ 흐흐흐흐흑!!

맞다_! 그 방법이 있었지?? 나 정말이지 천재 아냐?? >_<

"주희야_ 그냥 애들 올 집으로 부르면 안~~ 돼??"

"무슨 귀신 씨나락 까먹는 소리야!!"

"그냥 이 상태로는 나 나가는 것도 좀 그렇고 오랜만에 애들 집에 불러서 다같이 얘기도 좀 하구 ~ 술 마시자_ 집에서 마시는 술도 꽤 좋잖아?"

"-_- 미친년… 키키킥 좋다고 웃기는_ 술 때문에 아주 얼굴이 개판이 되고서도 그렇게 웃음이 나오냐?? 아무튼 일단 기다려봐!! 애들한테 연락해 볼 테니까!!"

니코틴년이 비록 미친년이라고 욕을 하긴 했지만 그래

도 나는 역시 천재였어 *-_-*(<-정말 바보 아냐?)

니코틴년이 협박을 했는지…-_-;; 뭘 했는지는 모르겠다만… 어쨌든 애들이 지금 우리집으로 오고 있는 건 확실하다 _

그나저나 갑자기 생각난 건데 어째서 우리 일곱 명들은 모조리 다 대학에 갈 수 있었을까 -0-?

아무리 머리를 싸매고 생각을 해도 이해가 정말정말 가지 않는 부분이야 -0-

물론 알다시피 나는 나수 녀석이 다니는 대학의 영문학과로 진학했고 -_-^

왜?? 내가 영문학과라서 띠껍냐?? =_=

그래 나도 -_-^ 한때는 스튜디어스 한답시고 영어공부 좀 했다. 근데 체력이 안 되서 __.__;

그래!!! 미안해 ㅠ0ㅠ!! 사실은 얼굴이 안 돼서였어!!! 흐흐흐흑!!

쳇 ~! 그리고 -_-ㅋ

니코틴년은 졸라 안 어울리는 간호대 _ 맨날 나이트만 다니던 나투쭉쑨이 C양은 나이트를 하도 많이 다녀 내부구조를 잘 알아서인지 인테리어 한답시고 -0- 건축인테리어과 쪽으로 갔고 몸매만 예술이던 Y양, 처음에는 모델 한다고 설치며 난리 부르스를 추더니 -_- 아빠 슈퍼마켓 물려받을 꺼라고 (이름도 Y양의 이름이 들어간 슈퍼 ㅋ) 웃기게

경영학과를 가버리고 S양 -_- 제일 걱정되게 유아 교육
과를 가더군 -0-z

  하하하하… 애들 말 안 듣는다고 패지는 않을지ㅠ_ㅠ

  그리고 마지막으로 =_= 젤 조심해야 할 년 _ 싸움을 잘
하기도 하지만 오히려 즐기는 H양 _

  참… 애들 중에 그나마 자신한테 가장 잘 어울리는 경
찰대학 갔다.

  미친년 -0- 정말이지 머리하나는 죽이게 좋더라. 그리
고…-_-;; 이년이 경찰대에 갔다는 건 우리학교의 미스테
리로 남아있다 -0-

  이런저런 쓰잘데기 없는 생각들을 해가며 먹성 좋은 돼
지년들을 위해 -_-^ 친히 세수까지 하시고 그냥 이것저
것 만들어 보고 있다.

  물론……=_=

  맛은 나도 장담 못한다 _

  참고하자면 야.내.꺼 1부의 여행 편을 봐주길 바란다
-_-ㅋ

  어느새…… 엽기적인 우리 세븐 프린세스의 일원들이
도착을 하였다.

  “언니들 오셨다 _”

  “알어.”

  “___^ 좀 더 반겨주지 않으련?”

"어머~~~~~~~~~~>_< 너희들 왔구나? 정말 오랜만이지?"

"미친년 -_-ㅋ 그렇다고 오버하긴"

우오오오오~~

어찌하여 정말 우리는 이리도 발전하는 게 없냐!!

솔직히 말하자면 오랜만도 아니다 -_-+ 그래봐야 대학 들어간지 얼마 되지 않는 새내기 대학생인데 졸업한지 얼마 되었다고 이년들이랑 오랜만에 만난단 말이냐.

-_-^^

그냥 다… 그렇다고 해주는 거지 뭐 _

원래 여자가 세 명 모이면 접시가 깨지는 법이라고 _ 김국환 아저씨가 접시를 깨트리자 라는 노래까지 부르셨듯이 나름대로 오랜만에 -_-; 모인 우리는 그때부터 시끄러운 수다가 장장 네 시간에 걸쳐 시작되었다.

그러다 술판을 벌이고_

한 잔… 두 잔… 세 잔… 이…

… 두 병… 다섯 병… 열 병… 으로… 넘어가고 한 궤짝이 되었을 쯤 =_=;

… 그년들은 꾹 꾹 눌러 참고 있는 나를 기어코 미친년으로 만들어 놓고 말았다 -_-^

"그나저나 니네 잘난 나수씨는 잘 지내고 계시냐??"

내게 정말 궁금하다는 듯 묻는 H양 _ 하여튼 힘세고 무

식한 것들이 눈치가 없다고 _ 젠장 ㅠㅠ!!! (H양 경찰대 갔음 -_-;)

왜 이따위 질문을 하냔 말이야!!

"어?? 어… 그게…=_=;;"

머뭇거리고 있는 날 보면서 굳어져 있는 니코틴년 _

"왜 말 못하고 머뭇거리냐? 혹시 차였냐? ㅋㅋㅋㅋ"

써글년 _

저년도 역시 다윗놈이랑 함께 내 인생에 도움 안 되는 년이었어!! -0-!!

"……"

"야 _ 너 왜 그러냐? ㅋㅋ 장난도 못하냐~"

"……"

"얘가 진짜 왜 그래 _ 장난이야 장난!! 그렇다고 삐지긴 -_-^ 으이구 하여튼 ~! 설마 진짜 헤어졌냐?? ㅋ"

"(--)(_)(--)(_)"

"뭐야… 왜 갑자기 고개는 끄덕이는 건데 -0-…"

"사실이니까."

"뭐어??!!"

매우나 놀란 듯 니코틴년을 제외하고서 동시에 소리치는 기집애들 _

"웬일이니~ 웬일이니~ 그렇게 닭털 날리게 맨 날 지랄을 하더니 어머어머_ 너 내가 어쩐지 차일 것 같았어~ 하긴 _ 나수 오빠 눈이 삐꾸가 아닌 이상 나는 니네가 삼 년이나 사겼단 사실도 미스테리라고 생각해."

열린 입이라고 주절대는 C양 _ 저년의 입을 찢어버리고 싶다 -_-^

과연 나는 정말 올바른 교우관계를 유지하며 살아왔던가 ㅠ0ㅠ

흑 _

"미안하구나 -_-^ 젠장"

"괜찮아~ 넌 너무 큰 상대를 만났던 거야. 이번엔 조금 낮은 너의 상대가 나타날꺼야."

또다시 동시에 외치는 망할년들 _

내가 그 녀석 옆에 붙어있던 게 그렇게나 그동안 마음에 안 들었냐!!!

내가 저런년들도 친구라고 사 년을 함께 해 왔다니 _ 흑_ 접시물에 콱 _ 코 박고 죽어버렸으면 좋겠네!!

"그만들 해."

역시 나의 친구 니코틴년 _ 그래 _ 역시 주희야 너만은 나의 진정한 친구였어 ㅠ^ㅠ

니코틴년의 한마디로 다시 나수 녀석의 이야기는 쏙 _ 들어가 버리고 나의 교우관계에 충격을 받은 나는 그때부터 더욱더 퍼마시기 시작했다.

그렇게 혼자 부어라 _ 마셔라 하다보니 혼자만 이러고

있다는 사실이 너무나도 억울하다 –_–^

이대로 혼자 망가지지는 않으리라 _!!

"야! 받어. 딸꾹."

"얘가 왜 이래 –_–"

"아 글쎄 받으리니까~ ? 너 지금 내가 남자한테 차였다고 무시하고 안 받는 거지?? 앙??"

"–_–;;;"

이런 식으로 써글 세븐 프린세스고 지랄이고 엽기적인 모임의 년들을 술독에 처박히도록 먹이기 시작했다. 그리고 끝내는 모두들 취해버리고 _

그때부터 우리들의 더러운 꼬장은 시작되었다.

나는 년들에게 서운한 마음에 –_–+ 년들의 핸드폰을 하나씩 번갈아 가며 사용하기 시작했다. 일단 나의 좋은 친구 범기에게 전화를 걸은 나 _

"범기야 ㅠㅠ"

"뭐냐 –_–;"

"범기야 흑 _ 글쎄 저년들이 오늘 나한테 흐흐흐흐흑!! 정말 나쁜 년들이지!!!"

"뭐래는거야 –_–^ 저년들이 오늘 나한테 뭐!! 말을 하려면 똑바로 해!!"

새끼 –_–

지금 나 남자한테 차이고 친구들한테까지 외면당하고

가슴이 쓰라려 죽겠는데 감히 소리를 지르다니!!

"너 지금 혹시 나한테 화 냈거니ㅠㅠ? 너도 지금 내가 나수 그 녀석한테 차였다고 무시하는 거지?? 흑 _ 그래 _ 역시 세상은 이런 거였어 _ 세상은 이런 거였다고!!"

"야야 _ _; 너 정말 왜 그러냐?? 어?? 술 많이 마셨냐_ 정신 좀 차려봐!!"

"몰라 _ 흐엉엉엉 ㅠ^ㅠ!!"

내가 그렇게 범기에게 전화해 꼴깝을 떨어대고 있는 사이 니코틴년 역시 옆에서 혼자 술을 홀짝홀짝 마시더니 이젠 아예 나와 함께 대성통곡을 하고 있었고 나이트 쭉순이 C양은 혼자 방에 들어가 컴퓨터 켜고 야동(야한 동영상의 줄임말) 보고 있었으며 = =

152

몸매만 예술인 Y양 대체 혼자 멀 하는지 부엌에서 달그락 달그락 거리더니 술에 취해 비틀거리면서도 치즈김치 볶음밥까지 만들어서는 혼자서 밥을 처먹고 있었다.

술 먹은 속에 치즈김치라니 -0-

정말이지 술 마실 때마다 느끼는 거지만 니년의 위장구조가 궁금할 뿐이다!!

그리고 유아교육과를 간 S양 _

방금 전 나수 녀석에게 내가 차였다며 잘 됐다고 꼬시다고 놀릴 땐 언제고 지금은 자기 스트레스 해소용인지 아니면 정말 날 위해서 그런 건지 _

혼자서 나수 녀석 죽이러 가자며 소리를 고래고래 지르고 난리다.

마지막으로 H양_

술만 마시면 잠옷을 찾아 헤매며 옷을 갈아입는 이년은 혼자 내방에 들어가서 옷장을 마구 들쑤시며 이 옷 저 옷 입어보고선 아무 곳이나 집어던져 놓으며 온 집안을 쑥대밭으로 만들어놓고 있었다.

저것들은 정말이지 내 친구가 아니야 ㅠ0ㅠ!!!

그 이후로 _ 모든 것들이 기억나지 않는다. 다만 아침이 밝아오며 내가 일어났을 때 우리 일곱 명은 모두 내방으로 고이 옮겨져 나란히 뻗어 있었다는 것 뿐 _

153

그 녀석이랑 헤어진 이후로는 내 생활이 술 마시고 잠들고 일어나면 그 다음날 _ 또 술 마시고의 반복이구나

ㅠㅠ 흑…

그나저나 누가 이렇게 내방으로 우리를 옮겨 놓은 거지?? 누군지는 모르겠다만 힘이 장사임은 확실해 _

일곱 명을 다 모조리 이렇게 옮겨놓았다니 -0-

잠든 사이 벌어진 일에 당황해하며 대체 누가 옮겨놓았을까 고민하고 있을 때쯤 하나둘 씩 _ 나의 친구 세븐 프린세스들께서는 -_-^ 일어나기 시작하였다.

그리고선 다들 날 향해 하는 말 _

"야야_ 우리가 왜 여기 있냐?"

그걸 내가 아냐???

"나도 지금 몰라서 고민 중이란다 -_-^"

"하음 _ 분명히 어제는 거실에서 놀았던 것 같은데 _ 하여튼 잘 자긴 잘 잤다 _"

퍽도 잘 차고 일어나서 좋겠다 _! 언제나 태평무사한 것들 같으니라고 -_-^

"그나저나 야 _ 맨바닥에 잠들어서 그런가 왜 이렇게 몸이 뻐근하냐? 우리 오랜만에 다 같이 찜질방이나 갈까??"

나이트 쭉순이 만큼이나 찜질방 좋아하는 C양이 말을 꺼냈고 정말 술 마신 다음날의 숙취와 뻐근함을 느끼고 있었던 우리는 C양의 말에 따라 찜질방에 가기로 결정을 하고 대충 준비를 하고 찜질방으로 향하기 시작했다.

그냥 편하게 집 근처로 가자고 그렇게 소리소리를 질러대었건만 새로 생긴 곳이 있는데 좋다고 꼭 그곳에 가야 몸이 풀린다며 질질 끌고 온 시내의 참숯 찜질방 -_-

참숯 찜질방에 도착한 우리는 자리를 잡고 오순도순 둘러앉아 찜질할 생각은 전혀 않고 칼국수 _ 구운 계란 _ 등 먹을 것만 잔뜩 사다놓고 먹으며 쉬지 않고 이야기를 했다.

정말이지 수다는 해도해도 끝이 없구나!!!

으 _ 그나저나 오랫동안 앉아서 먹기만 하고 움직이지

않고 이야기를 했더니 오줌이 매리는 구나 _

　화잘실 다녀와야지 _ ♬

　한참 정신 없이 이야기를 하고 있는 애들 틈에서 나와서 화장실로 향하는 나 _

　그런데…

　"혹시…… 꼬맹이??"

　엥? 꼬맹이?? 설마 날 부르는 건가??

　이제 나수 녀석이 없으니 그렇게 불러줄 사람도 없는데 대체 찜질방에서 날 부르는 사람이 누구지??

　의문에 가득차 소리가 난 쪽으로 뒤돌아보았다.

　……

156

　… 그곳엔……

　컨츄리 꼬꼬의 신정환을 아주 많이 닮으셨고 _ 한 달 전에 막 군대를 제대하신 승우님이 계셨다 -0-

　"어?? 안녕하세요…-0-… 정말 오랜만이에요!!!"

　"혹시나 했더니 정말 맞네? 이야 _ 그러게 이게 얼마만 이야? 나 제대하기 전 마지막 휴가 때 보고 처음이지?"

　"아마도… 하핫… 그렇죠?"

　"그래… 그나저나 이런 곳에서 마주치다니 _ 여긴 웬일 이야??"

　"아…… 저는 친구들이 오자고 해서 ^-^;;;"

　오랜만이어서 무척이나 반갑지만 왠지 모르게 어색한

웃음과 대화들…

      ……

    녀석과 헤어진 거지 승우님과 헤어진 게 아닌데도 자꾸
만 어색하다.

    "그렇구나…"

    "그나저나 승우님은 여기 웬일이세요??"

    "응… 난 여자친구가 자꾸 같이 가자길래 ^-^;;"

    같이 가잔다고 따라오시고 -_- 정말 승우님 _ 매우 다
정다감하시군요. 그 녀석은 내가 그렇게 같이 찜질방 한
번만 가자고 해도 귀찮다며 간 적이 없었는데 -_-^

    "… 그래… 요? 잼 있으시겠네요."

    "어… 저기… 나수…"

    "아!! 저 이만 들어가 봐야겠어요 ^-^ 친구들이… 기다
리겠네요…"

    승우님의 입에서 나수 녀석의 말이 나올 것 같아서 누
가 쫓아오기라도 하듯 들어가 봐야겠단 말을 하고선 오줌
이 매려 죽을 껏만 같지만 화장실로 가지도 못하고 다시
방으로 향하는 길로 돌아섰다 ㅠㅠ

    하지만…

    "저기 은서야!! 피하지 말고… 나수랑 다윗에 관한 얘
기인데 나랑 얘기 좀 하자!!"

      ……-_-……

157

······－＿;······

······ ㅠㅠ······ 끄응···

"그··· 그러죠···"

다윗과 나수놈의 얘기라고 하는 바람에 결국 귀가 솔깃해져 승우님을 따라 들어간 휴게실 ＿

"저기······"

"말씀하세요."

"그게······"

승우님 답지 않게 말은 안 하시고 자꾸만 그게··· 저기··· 만 반복하신다. 왜 이러시지? 짜증나네 －＿－＾

"저기 ＿ 저 급한데 좀 빨리 말씀하시지 －＿－"

"그래··· 은서야··· 만약··· 내 얘길 들어준다면··· 너··· 나수한테 돌아가 줄 수 있니?"

무슨 소리세요 －＿－ 차인 건 저인데 되돌아가다니요 ＿

"제가 차였는데 되돌아가다니요 －＿－; 하여튼 승우님 오랜만에 만나서 그런지 농담도 잘하시네요 －０－"

"많이 망설였는데 아무래도 말하는 게 옳을 것 같다. 지금부터··· 내가 하는 얘기들··· 잘··· 들어."

그렇게··· 승우님은 내가 전혀 모르고만 있었던··· 나수 녀석의 과거 이야기를 시작하셨다.

두 눈을 지그시 감으시고 옛날을 회상하시는 승우님···

"은서야··· 너··· 나수가 너 만나기 전에··· 오랫동안 사

귀던 여자애가 있었던 거 알지??"

"… 예…"

예전에 얼핏 정우에게 들었던 나수의 과거 여자 =_=^

정우놈이 말하길 나수 녀석이 중학교 때부터 고3 때까
지 쭈욱 아주 오랫동안 사귀었다고 하던데 _

나 같은 건 새발의 피도 못 미칠 만큼 아주아주 예뻤다
더군 –_–^^

"그앤… 밝은 아이였어. 항상… 그 애를 바라보면… 모
두들 저절로 웃음 지었지…"

"–_–;; 그렇군요."

승우뇜의 그 여자 칭찬에 갑자기 스팀이 확확 돈다 =_=

"그래… 그 애는… 미리는… 다윗의… 동생이었어…"

무슨… 소리?

다윗의 동생??? 아홉 개의 예수 그리스도 다윗??? 그
녀석이 동생도 있었어??

"피는 한 방울도 안 섞였었어… 다윗의 아빠랑… 미리
의 엄마가 재혼을 했던 거니까…"

"아… 그렇군요 –0–…"

"그런데…… 다윗은 그런 자신의 피 한 방울 안 섞인
동생 미리를 사랑했었어…"

"……–_–…… 충격이다.

다윗이란 놈도… 사랑 같은 걸 하다니 _ 그것도 아무리

피가 안 섞였다고는 하지만 자신의 동생이라니!!

"그랬었군요… 그래서 나수 오빠랑 사이가 그렇게 안 좋은 거였어요??"

"아니… 달라 _다윗은 나수의 젤 친한 친구였고 나와… 다윗… 그리고 나수 녀석은 언제나 함께였으니까. 그리고 오히려 나수에게 미리를 소개시켜 준 것도 다윗이었거든…"

제… 제일 친한 친구 -0-??

안 그래도 숙취 때문에 아직도 머리가 어지러운데 승우님은 왜 이렇게 놀랄 일들만 말씀하시는 건지??!!!

"저… 정말요?? 그런데 지금은 어째서!!"

"어느 날이었어… 미리는 나수를 찾아와서 아이를 가졌다고 말했지. 물론… 나수 또한 그런 일은 처음이었고 학생이었기 때문에 당황했지만 그만큼 미리를 많이 사랑했었고 어차피 졸업하면 미리와 결혼할 생각이었기 때문에 미리를 책임지고자 아버지께 미리랑 동거부터 시작하겠다고 말했어 _ 훗 _ 하지만 세상의 어떤 부모가 아직 고2 밖에 안된 녀석이 여자와 동거를 하겠다면 허락을 하겠냐? 어쩔 수 없이 나수는 아버지께 미리의 임신사실을 알렸고 나수 아버지 역시 결국 허락을 하셨지…"

… 그런 일이 있었구나…

"그런데… 막 동거를 시작하려고 준비를 하고 있을

때… 알고 보니… 미리는 임신이 아니었던거야… 그저…
그게… 조금 늦었던 건데… 확실히 알아보지도 않고선 나
수에게 그렇게 말해버린 거지. 나수 녀석… 속은 거 같아
서 분하기도 하고 열은 받았지만… 한편으로는 또 미리만
의 잘못은 아니니까 미안하기도 해서… 사실을 아버지께
숨긴 채… 동거를 시작했어."

　그런데 -_- 지금 그게 다윗 녀석이랑 웬수가 되어 버
린거랑 무슨 상관이 있는 거지??

　"그런데 왜 다윗 자식이랑 오빠가 원수사이가 되어 버
린거죠??"

　"말 끊지 말고 계속 좀 들어주지 않을래? -_-"

　"아 네 -_-;;"

　"그렇게 동거를 시작하고서 며칠이 지나지 않아… 나
수 아버지는… 사실을 아셨지. 도대체 어떻게 아신 건
지…… 그리고 그 때부터… 나수 아버지는 미리와 나수
녀석의 동거를 막으셨어. 둘을 억지로 갈라놓았고 헤어지
지 않겠다고 억지를 부리는 나수 녀석을 학교까지 안보내
시며 집에 가둬두기도 하셨어."

　너무 하는군 -_- 아무리 애를 가진 게 사실이 아니었
다고 해도 이미 시작한 동거였는데 그렇게까지 억지로 갈
라놓으시다니 아버님 ㅠㅠ 정말 너무하셨어요!!

　아 _ 이제 내 아버님이 아니지…

"이왕 처음 허락하셨던 거 그냥 계속 두시면 되지 왜 그러신거죠??"

"그래 _ 바로 그게 문제였어! 아까 아까도 말했었지? 다윗이랑 미리는 피도 한 방울 안 섞인 남매라고 _ 미리 엄마는 다윗 아버지의 돈을 보고 결혼을 했던 거였어. 하지만 이미 미리 엄마에게 푹 빠져버리신 다윗 아버지에게 그런 건 전혀 문제가 되지 않았고 다윗 아버지의 친구셨던 나수 아버지는 자연적으로 미리 또한 나수에게 돈을 보고 접근했다고 생각하셨던 거지. 그리고 돈 때문에 나수 녀석을 붙잡기 위해 거짓말을 한 것이라고…"

세상에나… 티비에서만 나오는 일인 줄 알았더니 바로 내 주변인 나수 녀석이 그런 일을 겪었다니!!

"그… 그랬군요… 그래서… 헤어진 거였군요."

"그래, 하지만 그렇게 나수 아버지가 반대하는 과정에서도 처음엔 둘이 헤어지지 않았어. 그렇지만 계속해서 나수 아버지에 대항하여 싸우기엔 둘은 너무 어렸고 이런 일들이 계속 반복되다 보니 서로를 못 믿고 싸우게 되고 날이 갈수록 힘이 들어지게 된 거야. 그런 와중 미리를 사랑하지만 동생과 연결될 수 없었던 다윗 녀석은 믿었던 친한 친구인 나수에게 미리를 맡기고자 했었는데 나수가 미리를 제대로 책임지지 못하자 녀석을 미워했고… 그러다가… 나수 녀석… 훗… 아버지가 미리를 포기하지 않으

면 미리를 죽일 수도 있다고… 협박하자… 거기에… 굴복
해버리고 미리에게 헤어지자고 말을 했어…"

저… 정말 녀석의 아버지는 녀석처럼 무서운 분이셨구
나 ㅠㅠ

그럼… 나도 혹시… 그 녀석과 계속 사겼다면 죽을 뻔
한 건가?? -0-ㅋ

"그리고… 나수가 배신했다고 생각한 미리는… 슬픔을
견디지 못하고… 그만… 자살을… 해버렸어…"

갑자기… 울컥하고 가슴에서 무언가가 올라옴을 느꼈
다. 가슴이 아파서…… 너무 아파서…분명 내가 사랑하
는… 녀석의 과거 사랑 이야기인데… 내가 처음이 아니란
것에 질투가 나는 것이 아닌… 가슴만이 저려온다.

163

당시 그 녀석의 마음이 얼마나 아팠을까 생각하니… 왜
난 헤어진 그 녀석의 예전 아픔에…이렇게나 또 다시 눈
물 흘리고 있을까… 하…

그래… 그런데… 이제 왜 다윗이랑 나수 녀석이 사이가
안 좋은지는 알겠는데 그 녀석과 헤어진 지금 이 시점에
서 왜 내가 이야기를 듣고 녀석에게 되돌아가야 하는 걸
까 -_-;;

"그런데 승우님… 그 일들을 제가 이제 와서 들어야하
는 이유가 뭐죠??"

"은서야 그냥 제발 계속 들어주지 않을래? -_-^"

승우님의 협박 아닌 협박에 승우님의 이야기를 다시 듣기 시작했다.

"자신이 사랑했던 미리를 잃은 슬픔과… 그 모든 것이 나수 녀석의 배신으로 인한 것이라고 생각했던 다윗은 그때부터 철저히 나수를 증오하기 시작했고 나수가 도대체 왜 그랬는지도 모른 채 미리가 사라진 이곳에선 살 수 없다며 영국으로 떠나버렸어. 그리고 이번에 돌아와선 복수를 꿈꾸며 너와 나수가 다니고 있는 대학에 편입을 한 거야…"

하여튼 다윗 자식 쫌생이 같은 게 지가 오해해 놓고선!!!

"그렇게 다윗 녀석은… 복수를 시작한 거지. 자신에게서 인생의 전부였던… 미리를… 끝내 지키지 못하고… 자살로 내몰았던… 나수에게… 그리고… 그 타켓이 바로… 은서… 니가 된 거야…"

……

…… 그런 일이 있었다니… 그래서… 다윗 새끼 나를 그렇게… 힘들게 하려고 안간힘을 썼던 건가??…

…… 하여튼… 나쁜 자식 같으니라고!! 하지만 왠지 모르게 다윗 자식이 불쌍하다는 생각이 드는 건 또 뭘까?

"하… 하지만… 나수 오빠… 나보고… 그냥… 그냥… 내가 싫어졌다고 했어요."

"훗 _ 은서야… 너… 역시 나수 말대로 머리가 좀 나쁘구나 = _ ="

__^ 을

승우님까지 그런 말씀을 하시다니!!

"예?? 그게 무슨!!"

"다윗 녀석… 아마 나수가 너한테 헤어지자고 하기 전 _ … 나수에게 협박을 했을꺼야… 널 다치게 하겠다고… 안되면… 또 나수 아버지께 이르겠다고… 아마도 내 생각이지만… 나수는… 널… 지키기 위해… 너랑 헤어진 것일꺼야."

흐흐흑 _ 너무 감동적이잖아 ㅠ^ㅠ 난 그런 것도 모르고 얼마나 나수 녀석을 미워했는데!!

엉엉 _ ㅠ_ㅠ 나 어떡해!!!

165

그런데 모든 오해가 풀렸으니 다시 나수 녀석이랑 잘된다고 해도 나는… 혹시 나수 녀석 아버지께 죽음을 당해야 하나?? ㅠ0ㅠ?

"혼자 위험한 상상은 하지마. 어차피 미리를 없앨 생각이 없으셨던 나수 아버진 그저 협박이었음에도 불구하고 그 일로 인해 미리가 죽어버리자 이후로 뉘우치셨고 아무리 나수 아버지가 나쁜 분이라고 하셔도 그땐 그냥 오해하셨던 것 뿐이니까 널 해치거나 그러시지 않아. 다만 아직 병신 같은 나수 녀석이 그 사실을 모르는 것 뿐이지."

- _-^

어떻게 나의 걱정을 아신 건지_ 매우나 친절히도 가르쳐 주시는 승우님 -0-

그러고선…

"이제… 내가 왜 이야기를 듣고 나면 나수 녀석에게 되돌아가라고 한 건지 알겠지??"

……

그리하여 난 지금 무작정 찜질방을 뛰쳐나와 있을지도 없을지도 모를 녀석 집으로 향해 달려가고 있다.

오빠… 조금만 기달려 ㅠ_ㅠ!!! 택시 아저씨에게 요금을 따따불로 주면서까지 엄청난 속도로 녀석의 집 앞에 도착했다.

…… 나수 녀석이… 꼭 있어야 하는데…… 현관문의 고리를… 돌렸는데… 다행스럽게도 문이 잠겨 있질 않다!!

슬그머니… 문을 열고 안으로 들어갔는데… 거실은 온통 난장판이 되어있고 쇼파에 기대 술을 마시고 있는 나수 녀석이 보인다 ㅜ_ㅜ

오빠…ㅜ_ㅜ!! 그동안 힘들었구나!! 내가 왔으니 이제 걱정하지마 _!! 흑흑 (아주 오버하고 있음 -_-ㅋ)

"오빠……"

"……"

대답이 없다.

"오빠… 나 왔어. 나 왔단 말야… 나 왔어."

"내가 많이 취했나… 왜 환청이 들리지…"

혼자 천장을 쳐다보며 중얼거리는 나수 녀석 _ 미친놈 -_- 지금 무슨 영화 찍냐?

"야이 바보 자식아!!! 환청이 아니야. 정말 내가 왔단 말야!!"

난 그때부터 나의 모성본능에 불씨를 일으켜버린 나수 녀석에게 달려가 꼬옥 끌어 안아버렸다.

"뭐… 뭐야!! 너 누가 니 맘대로 우리 집에 들어 오랬어! 어서 나가!! 그리고 누가 니 맘대로 끌어 안으랬어!! 어서 나가!!!"

이 바보 같은 게 -_-^

"야이 병신아!!"

"뭐라고? -_-^^"

"병신아!! 야이 병신 바보 멍게 말미잘 같은 놈아!! 내가 그렇게 호락호락하게 보였어? 내가 그렇게 바보 같아 보이디??! 오빠 혹시 나보다 더 심한 바보 아니야?? 최첨단을 달려가는 이 21세기에 무슨 사람을 죽이고 다치게 하고 협박을 한다고 거기에 넘어가냔 말이야!!"

"너… 너…"

"너… 너는 무슨 너… 너… 야!!! 나 다 알어!! 오빠가 왜 헤어지자고 했는지 ┬○┬ !!"

"웃기고 있네 _ 꺼져. 그냥 싫증났을 뿐이야…"

아… 끝까지 이리도 시치미 떼며 용기 없는 나수 녀석에게 화가 나서 미칠 것 같다!!

"야이 비러머글 자식아!! 니가 지켜줄 생각을 해야지. 니가 먼저 도망가 버리냐 엉??!!"

하도 열이 받은 나머지 신고 있던 슬리퍼로 녀석의 온몸을 때리기 시작한 나 _

"…… 은서야…"

갑자기 그런 나를 확 _ 끌어안는 그 녀석!!

흐미나 ㅠㅠ 좋은 거 _ 이게 얼마 만에 안겨보는 그 녀석의 품이냐!!!

"미안하다… 미안하다 꼬맹아… 이런 나 용서하지 마라… 용서하지마…"

"뭐가… 흐흐흑… 오빠 진짜 바보야. 흑… 내가… 내가 얼마나 그동안… 흑…"

"미안하다… 미안해… 이럴 수밖에 없는 나… 정말 용서하지 마라. 너… 우리 영감한테 걸리면… 정말… 죽지 않을지는 몰라도… 니네 집에라도… 피해갈지 몰라. 그래서 안돼… 그래서 안돼…"

"그런 게 어딨어!!! 아직 오빠 아버지랑 난 한번 만나본 적도 없잖아!! 해보지도 않고 어떻게 아냐? 오빠 이렇게 약한 사람이었어? 응?!! 진짜 실망이야!!"

"그래…… 미안하다……"

"시끄러!! 그딴 쓸데없는 소리하지마. 게다가 꼴이 이게 머냐?? 누가 이렇게 지내고 있으랬어!!!"

"너 정말…… 너… 훗… 역시… 너처럼 무식하면 용감한 거냐?? 너… 만약 우리영감이 널 보고서도 반대하면 어떡할건데? 이겨낼 자신 있어??"

"내가 누구냐!!! 천하무적 이은서 아냐!! 걱정하지마!!! 난 강해 -0- 게다가 난 바보같이 자살 따위를 하거나 하진 않어!! 알잖아 내가 얼마나 목숨이 질긴지!!"

"쿠쿡…"

"왜 웃어? -_-^ 이제 내 말이 막 우스워??!!"

아주 오랜만에… 웃음을 지어 보이는 그 녀석…

"오빠는 나만 믿어 -0-! 내가 지켜주겠어!!"

"지금 니가 날 지킨다고??"

"그래!! 나만 믿으라니까??!!"

"나보고 지금 널 믿으라고?? -_-"

내가 말했지만 솔직히 나도 내 자신에게 믿음이 잘 안간다 -_-;

"미안 -_-;; 그… 그럼 오빠가 지켜라 -0-"

"병신 -_-"

"뭐야??!! 오빠가 더 병신이잖아!!"

"아쭈?? 이제 막나온다 이거지??!! 야!! 그런데 왜 너

지금 우리 헤어졌는데 니 멋대로 내 품에 안겨있어! 안나가??!!"

　지 멋대로 껴안을 땐 언제고 -_-^ 하여튼 불리하면 소리 지른다니까!!

"오빠가 먼저 껴안았잖아!!!"

"니가 먼저 안았잖아!!"

"오빠가 먼저 안았어!!!"

"너도 안았잖아!!"

"젠장! 내가 너랑 이딴 입씨름해서 머하냐? 됐다 됐어!!!"

"흥 -_-+ 딴 여자랑 키스까지 한 주제에!!!"

"그러는 넌!!! 나랑 헤어지고서도 그렇게 매일 다윗 새끼랑 어울려 다녀??!!"

"누구는 어울려 다니고 싶어서 어울려 다녔냐!! 그 자식이 맨 날 쫓아다닌 거지!!"

"그럼 누구는 머 키스하고 싶어서 한 줄 알어??!!!"

"오빠가 그 여자한테 먼저 했었잖아!! 내가… 내가 그거보고 얼마나!!… 흡…"

　오랜만에 내 입을 막아버리는 녀석…

　녀석의 부드러운 입술에… 그동안의 설움이 함께 복받쳐 올라… 자꾸만 눈물이 나기 시작한다. 그러자 내 입술에서 입을 떼며 인상을 쓰며 녀석이 하는 말 _

"그만 좀 울어라 -_-^ 눈물이 입 안에 들어가서 짠맛 나잖아!!"

"그래도 눈물이 나는걸 어쩌라고 _ 흐흐흑 ㅠㅠ"

"젠장 _ 그럼 참아!!"

내게 참으란 협박을 하고선 -.-^ 다시 내 입술에 부드러운 입술을 갖다대는 그 녀석…

그렇게… 우리는 한참 동안이나 그동안 헤어졌던 시간을 만회라도 하듯 서로에게서 떨어지지 않았다.

옛날 옛날에 한 옛날에 다섯 아이가 _♬

젠장!! 분위기 좋은데 도대체 누구야!!

혹시 그때 내 눈앞에서 키스하던 노랑머리 양아치 기집애 아냐???

"머야 -_-+ 혹시 그때 그 여자 아냐??"

"머래는 거야 니꺼잖아 -_-^^"

"내… 내꺼???"

옛날 옛날에 한 옛날에 다섯 아이가 _♬

벨소리를 들어보니 정말 내꺼구나 -_-;

도대체 누구야!! 평소에는 울리지도 않는 핸드폰이 왜

지금 울리는 거야!!

"여보세요!!"

"야이 미친년아 너 지금 도대체 어디야!!"

녀석의 온 집에 울려 퍼지는 니코틴년의 목소리 -_-;

아! 내 친구들 -0-

녀석과의 극적인 재회로 인해 깜빡하고 있었다!!

"주… 주희야 -0-……"

"너 죽고 싶냐!! 화장실은 무슨 부산 화장실까지 가냐!! 지금이 도대체 몇 시야!!"

"하하하 그게 …-0-… 화장실에 사람이 많네 -0- 미안해 금방 갈게 안녕!!"

뚝!

그렇게 그냥 니코틴년의 전화를 확 _ 끊어버렸다!! 물론 뒷일이 걱정되기는 하지만 -0- 그래도 일단 난 몰라 -0-♬ 나중에 어떻게든 되겠지 -0-

"너 도대체 어디 있다가 왔길래 주희가 그 난리를 치냐? -_-^"

하도 소리를 질러대는 통에 집안으로 전화소리가 다 새어나온 덕분인지 내게 묻는 그 녀석 _

"아 -0- 찜질방에 있다가 왔거든…"

"어쩐지 -_- 옷이…"

헛 _!!

여태껏 몰랐는데 녀석에게 그 소리를 듣고 내 옷을 살펴보니 찜질방에서 입고 있던 옷 그대로다 -0-

설마 나 지금 이거 입고 여기까지 온 건가?? -0-??

"설마 이거 입고 여기까지 왔다고 제발 말해봐라 -_-"

"ㅠㅠ 나 어떡해 _!!"

"어떡하긴 멀 어떡해 -_-^ 지나가는 사람들이 웬 미친 년 하나가 정신병원 탈출했다고 생각했겠지!!!"

"흐엉엉엉 ㅠㅠ"

"자~알 한다~ 으이구!!!"

"뭐… 뭐 -0- 그래도 뭐 이렇게 오빠 만났음 된 거지!! 흥!!"

"풋 _ 그래 그건 그렇네."

그나저나 일단 화가 나 있을 세븐 프린세스들은 제외하고 -_-^ 다윗 자식에게 복수하는 일만 남았어!!

그 자식의 과거가 쪼끔 -_- 불쌍하기는 하지만!!! 그래도 억울한 건 억울한 거지 흥 _!!

"오빠 우리 그나저나 다윗 새끼한테 어떻게 복수해 줄까??"

"지랄 -_-^ 니가 무슨 복수야? 당하지나 말아라."

"날 못 믿는구나? ㅠㅠ"

"너라면 믿겠냐!!"

"못 믿지 -_-"

쳇!! 하여튼 힘겨웠던 일을 겪어도 여전히 싸가지 없는 놈 가트니라고 _

"= _=^^ 어쨌든 그럼 오늘은 그냥 넘어가고 뒷일은 내일 생각하자."

"하여튼 역시 단순하대니까."

……_ _……

… 왜 나는 다시 이 녀석을 잡으러 온 걸까?… 참으로 내가 한심스러워 _

어찌하였든 그 녀석과의 극적인 재회를 끝내고서 세븐 프린세스들이 쫙 _ 찢어진 눈으로 기다리고 있는 찜질방 으로 향했다 ㅠㅠ

그렇게 무섭다고 가기 싫다고 하는데도 _ 끝까지 쫓아 내는 나수 녀석!!

하여튼 인정머리 없는 자식 -_-+

#찜질방

…… 애들이 있는… 찜질방 문을… 사알짝… 열었다.

"은서야 ^-^"

"으응……^^;;;;;;;"

"어딜 이렇게 오랫동안 갔다가 오니?? ^-^ 화장실을 만들어서 갔다가 왔니? 아님 혹시 변비라도 있는 거니??"

참으로 웃음을 띠우고선 H양이 날 맞으며 말하는데……

……

… 딱 이 순간……

…나는 여기서…

통구이가 되어 죽어버리고 싶다 ㅠ_ㅠ!!!

"어… 그게… 하하하하하 -0- 주희한테 내가 말했는데 _ 화장실에 사람이 많더라고 -0-"

"_ _ _++++++++++++ 주희가 이미 너의 사랑 나수님의 친구분과 대화를 끝냈는데… 으응…^-^+ 화장실에 사람이 아주 많았구나?"

하여튼… 승우님은 이왕 도움 주실꺼 좀 끝까지 도움을 주시지 ㅠ_ㅠ!!

"히히히 >_< 에이~ 사랑하는 거 알면서…"

"닥쳐주지 않을래? 어디서 어설프게 넘어 갈려는 거야!!"

"나는 다윗 새끼한테 복수도 해야 해. 한번만 용서해죠 ㅠ0ㅠ ㅠ0ㅠ ㅠ0ㅠ"

"= _ =^ 귀여운 척 하니까 씹어먹어 버리고 싶구나."

젠장 – _ –

결국 이 방법을 써먹어야 하는 건가??

"– _ –^^ 몇 갑이면 되겠니?"

"한 보루만 토해라 -_-"

-0- -0- -0- 한 보루 -0-!!

그래도… 돈보다는 목숨이 중요하지… !!

"그래… 흐흑 _ 한 보루…ㅜ_ㅜ…"

"^-^ 친구야~ 우리는 너를 아주 사랑한단다."

-_-;; 사랑?? 흥! 지나가는 똥개새끼가 박수를 치겠다.

애들에게… 담배 한 보루로 해결을 보고 -0- 찜질방에서 각자 헤어지고서는 나는 집으로 향했다 _

…… 그런데……-_-

… 아주 낯익은 사람 비스무리한 형체가… 우리집 담벼락에 기대어 서있다 -_-^

어느 집 새끼가 남의 집 담벼락에 기대어 서있어?

-_-++

눈을 부라리며 +_+ 집 앞으로 뛰어갔는데…

……

177

… 참으로나 사람 마음 약해지게 하는 포즈로 슬픔이 가득 고인 두 눈을 한 다윗 녀석이 서있었다 -0-!!

…=_=…… ㅜ_ㅜ… 니가 이런 식으로… 나의 모성본능을 자극하면 내가 너한테 복수를 못하잖니!!

… 그래도… 은서야 독해져야 해!!

"왜… 왔어요? -_-^"

"… 보고싶어서……"

"선배가 보고싶은 사람은 내가 아니고 미리 언니 아닌 가요?"(언제부터 알았다고 언니?)

갑자기 다윗 자식의 표정이 확 바뀌어 버린다. 괜히 말을 한 건가 -_-;

"…… 홋… 들… 었나보군."

"그럼 내가 귀머거리 바보 멍청인 줄 알았어요?"

"어. 그런 줄 알았어."

――＾ 불쌍했던 마음이 갑자기 싹 가셔버렸다.

"-_-++ 그래요? 그럼 저는 이만 들어가 볼께요."

"…… 가지마…"

또 왜 저런 말투로 붙잡는 거야 -_-;; 젠장!! 난 너에게 복수를 할 꺼란 말이야!! 그래서 집에 들어가서 궁리를 해야한다고!! 그런데 왜 그렇게 불쌍하게 말하는 건데!!

"… 왜… 왜요? -_-;;"

"… 정말… 나는… 안 돼…?"

"머가요 -_-＾ 이제 장난 그만 쳐요!!"

"정말 난 안되냐? 나도… 니가 필요해. 나수처럼… 니가… 필요해. 이건 정말… 진심이다. 처음엔 복수였지만 지금은… 진심이야."

"…… 아흑…ㅠㅠ

나는 왜 이렇게 이뻐서 많은 사람들의 가슴을 아프게 하는 걸까? ┬0┬!!

"하지만… 내 마음은… 내 마음속은… 이미 다 차버려서… 조금의 공간도 남아 있지 않아… 미안… 해요…"

그래… 내 마음속은… 이미 그 녀석으로 다 차버려서… 다윗놈이 좋은 놈이든 나쁜 놈이든… 불쌍한 놈이든… 들어올 곳이 없었다.

하지만…… 동생을 잃음으로써 사랑과 우정까지 함께 잃어버린… 다윗 자식에게 동생이 되고 싶어진다.

내가 생각했지만 참 멋있는 거 같애 -_-v

"대신… 우리 오빠… 할래요??"

"홋 _ 술 먹고 너 이미 나한테 오빠 해도 되냐고 물었던 거 아냐?"

"지금은 제정신 이잖아욧."

"… 홋… 오빠…… 오빠라…"

"싫으면 관두고 -_-^"

"근데 너 정말 술 안 마신 거 맞냐??"

"-_-^^^^^^^^ 네!!"

"홋… 고맙다. 이은서… 나수 녀석… 좋은 아이 만났구나. 미리… 도… 기뻐하겠지?..."

"당연하지 -_-"

"그런데 너 왜 갑자기 반말이냐? 술 마신 거 맞지??!!! 너 술 마시면 나한테 반말하잖아!!"

"글쎄 술 안 마셨다니까!! 왜 이렇게 사람 말을 못 믿어!! 뭐 어차피 이제 오빠데 내가 꼭 높임말 해야 해??
웅??! 말해 봐!! 말해 보라고!!!"

　"-_-^^ 오버하긴… 그나저나 니 친구들 졸라 무겁드
라."

　그럼 우리를 옮겨줬던 게 다윗 녀석이었어?

　짜식 _ 고맙긴 한데…

　악!!!

　그러면 우리집에 무단침입 한 거잖아 -0-!!

　"야!!! 너 그럼 우리집에 무단침입 한 거였어!!"

　"허허…-_ 오빠한테 야라니 -_-^ 그리고 문 열어놓
은 건 들어오라고 그런 거 아니냐?"

　써글써글 써글!!! 내가 미쳤지 ㅠ0ㅠ!! 저런 거 한테 동
생 노릇을 할 생각을 했었다니!!

　…… 그래도……

　…… 다윗놈은 조금은… 아니 조금 많이 -_-;; 좋은 놈
이었구나…

　"참!!… 그리고… 저기… 저기…"

　"말해 -_-^^^"

　"… 이제… 그만… 용서하면… 안 돼??"

　"……"

　갑자기 입을 닫아버린 다윗 녀석 _

　너무 일찍 말을 꺼낸 걸까?? 역시 아직 상처가 다 아물

지 않은 거야???

"훗… 이미… 용서했어. 다만… 인정하기… 싫었던 거 뿐이야."

역시 다윗놈… 쪼금 많이 보다 훨 훨씬 더 좋은 사람이 었던거야 ㅠ0ㅠ!!

"고마워…"

"니가 왜 -_-^"

"그냥 고마워."

"바보 같은 기집애."

"뭐야!!!"

"나수 녀석 확실히 눈이 삐꾸지_ 저런 걸 좋다고 그렇게 난리를 치다니…"

그러는 당신도 나를 좋아했다는 것을 잊지마!!

"흥이다!!"

"ㅋㅋ 동생 ~ 귀여운데?"

"됐다고!! 참!!"

"왜?"

"그때 그 바다…"

"무슨 바다?"

"나 나수 오빠랑 헤어졌을 때 데리고 갔던 바다 있잖아!! 와본 적 있냐고 물어봤던데!!"

"아… 그 바다??"

"그 바다… 미리란 사람이랑 관련 있는 곳 맞지?"

"이야~ 웬일로 그런걸 다 눈치챘냐?"

"- _ -^ 시끄러~!!"

"그래 맞아… 우리 미리 뿌린데야…"

"왠지 그럴 것 같더라… 훗 _"

"그런데 그건 갑자기 왜?"

"그냥… 혹시라도… 오빠 거기 가게 되면 전해 줘…"

"뭘?"

"미리 언니한테… 고맙다고 전해 줘…"

"그건 또 갑자기 무슨 소린데?"

"암튼 그렇게 전하라면 전하지 무슨 말이 그렇게 많어
~!!!"

"야 _!! 야 이은서!! 너 진짜 내 동생 하기로 한 거 맞
어??!! 누가 오빠한테 말 그따위로 하래!!"

"메롱 -0-"

"훗 _"

처음으로… 다윗놈의… 비웃는 웃음이 아닌 활짝 웃는
모습을 보았다. 예전부터 느끼고 있었던 것이긴 하지만
너도… 웃으니까… 나수 녀석만큼 꽤 이쁘구나 *- _ -*

"떨구 같이 웃지마 정떨어져."

"그게 동생한테 할 말이니??!"

"내 맘이지 _♬"

"솔직히 말해 봐 _ 오빠 혹시 나수 오빠랑 쌍둥이인 거 아니야??!! 아니야 _ 혹시 몰라 _ 둘이 배다른 형제 뭐 이런 거지??!! 말해! 말해 _ 오빠의 피붙이는 미리 언니가 아니고 나수 오빠인 거지??!!"

"병신 니가 생각하는 게 다 그렇지."

벼… 병신 ??? - _ - ^

으 _ 내가 참는다 내가 참아!! 참는 자에게 복이 있나니 _!!!!

"그런데… 너넨 결혼 안 하냐?"

"내가 나이가 몇인데 -0-"

말은 그렇게 하긴 했지만 은근히 신경 쓰인다 _ 분명히 예전에 나수 녀석이 내가 20살이 되면 데려간다고 했건만 전혀 깜깜 무소식이니 ㅠㅠ

하긴 _ 그래봤자 아직 20살이 된지 몇 달 되지는 않았다만 _!! 그래도 약간의 조짐이라도 보여야 하는 거잖아!!

"왜? 나수 녀석이 말이 없냐? ㅋㅋ 하긴~ 나수 녀석이 벌써 너한테 코 꿰일 일을 할 리가 없지 _ 지도 생각이 있지 벌써 너한테 목메여서 살고 싶겠냐?"

"시끄러 -0-!!! 나 갈꺼야!!! 얼른 가 -0- 얼른 가라고 -0-!!!"

"누가 안 간대냐? ㅋㅋ 들어가라 동생 _"

"몰라!!!"

온 동네가 떠나가라 웃어대는 다윗 녀석을 뒤로한 채 집으로 휭 _ 하니 들어와 버렸다.

미리 언니… 혹시 하늘에서 보고있어요? 언니… 나 언니 잘 모르지만… 언니가… 그 녀석… 나한테 보내준 거 맞죠? 다윗 녀석도…… 다 언니가 보내준 거라고 믿을 께요… 고마워요… 언니… 나… 언니 몫까지 둘 다한테 잘 할께요… 지켜봐 줘요…

아침 _ 아침이 찾아왔다.

어제와는 다른 아침 _녀석과 헤어졌던 2주일 전과는 사뭇 다른 아침 _♪

정말 생각하기도 싫었던 끔찍한 2주일이었어!!

자 _ 오랜만에 즐거운 마음으로 학교를 가요 _ 랄랄라 ♪

"오 _ 은서 오랜만이다? 이게 도대체 얼마만이야?"

"네 _ 안녕하세요 ^^ 오랜만이야 _ ♪"

"우와~!! 이은서 !! 너 도대체 왜 이렇게 오랜만에 학교 온 거야!!"

"아 _ 수미야 안녕 -0- 그냥 그럴만한 사정이 있었어 _ 흐흐흣"

여기저기서 오랜만에 학교를 오자 인사들을 건네 오는구나 므흘흘흘… 역시 이 사람들도 내가 그리웠던 거야

히히힛♪

"은서야 그나저나 니가 지금 그렇게 웃을 상황은 아닌 것 같은데?"

"갑자기 그게 무슨 소리야??"

"너 _ 출석!!"

악!! 그래 출석!!

녀석의 헤어짐과의 아픔 때문에 대리출석을 부탁을 정신조차 없었다.

어쩜 좋아 어쩜 좋아!!! 날라가 버린 내 학점들을 어쩌면 좋아_ 흐흐흐흐흑_

눈물을 머금으며 이제 난 어쩜 좋냐고 엉엉거리며 동아리실로 향하는 나_

동아리실로 들어가니 시창이놈과 내 사랑 나수 녀석이 날 반기고 있다 _♡

"은서야 이게 얼마만이야 ㅠ０ㅠ!!"

"왜 그딴 식으로 부르고 난리야 _ 절루 가 ~~오빠 〉_〈!! 학교 일찍 왔네?? 웬일이야?? 히히…"

눈물을 뿌리며 내게 달려와 안기려는 시창이를 살짝 밀친 채 쇼파에 앉아 잡지책을 보고있는 녀석의 무릎에 살짝 걸터앉은 나_

"내려와 -_-^"

"히잉 ~ 싫어잉_"

"또 안 어울리는 거 하지?"

"칫 _ 하여튼 그런 일을 겪어도 변하는 게 없어 변하는 게!!! 어제도 가기 싫다는 거 오빠가 억지로 내쫓아서 내가 애들한테 얼마나 당했는 줄 알아??!!!"

"잘못을 했으면 벌을 받는 거지 _"

"오빠 진짜 나 사랑하는 거 맞냐?? 응 -0-?"

"글쎄다…"

"뭐??!!!"

"고막 터지겠다!! 기집애가 어디서 소리는 꽥꽥 질러!!! 수업 안 들어가!!"

"그러는 오빠는!! 어차피 수업이야 오빠랑 나랑 똑같잖아!!"

"흥 -_-^"

왜 어제의 그 분위기가 안 잡히는 거냐고 !!!

"은서는 버림받았대요 _ ♪ 버림받았어 _♪"

"시끄릿!!"

"버림받았다니까 _ 버림 _ 으흐흐흐훗"

"너 정말 죽을래!!"

어느덧 녀석과 삼 년의 세월을 함께 해서인지 성격이 너무나도 변한 거 같애 흑 _

나의 예전의 순수하던 시절로 돌아가고 싶어!!!

그로부터 5개월 후 _

오늘도 변함 없이 학교로 향하는 나 _오늘은 즐거운 나의 생일 _♬ 으하하하하하하♬

즐거운 마음으로 캠퍼스를 거닐고 있노라니 전화가 걸려오는구나_

옛날 옛날에 한 옛날에 다섯 아이가 _♬

"응 _♪ 왜 ?"

"내가 누군지 알고 -_-^"

"누구긴 _ 싸가지라고는 병아리 눈물 만큼도 찾아 볼 수 없는 웬수 덩어리 다윗 오빠지 _♪"

"야!! 싸가지 없기는 누가 싸가지 없다고 그래!! 싸가지 없는 건 나수 녀석이지!! 야 _ 그 새끼 어제 어땠는 줄 알어?? 어제 나 술집에다가 버려놓고 그냥 갔다고!!! 아오 _ 그게 친구냐? 그게 친구야??"

"역시 멋진 내 사랑이야 _♡ 꺄하하하하. 오빠가 우리 나수 오빠 승질 나게 또 했겠지!!"

"젠장 -_-^ 내가 번지수를 잘못 찾았지. 너한테 나수 녀석 험담할 생각을 하다니!!"

"잘 생각했어 _ ♪ 히히_"

"됐다 됐어!! 그나저나 너 오늘 생일이지?"

"그래도 오빠라고 동생 생일 알고 있기는 하네? ㅎㅎㅎ_"

"머 갖고싶냐?"

"오호 _ 선물 사주게? 선물을 사주려면 나 모르게 사주고서 감동을 시켜야지 〉_〈"

"됐다 받기 싫음 말고…"

하여튼지간에 -_-^ 장난도 안 받아치는 건 나수 녀석이랑 똑!! 같다니까!!!

"아니아니! 오빠!! 받고 싶은 거 있지 _ 당연히 _ ㅎㅎㅎ_"

"뭔데 _ 나 지금 니 사랑이 날 버리고 간 바람에 아주 거지꼴 돼서 집에 빨리 들어가서 샤워하고 씻고 자야하니까 빨리 말해."

"나 시계 사줘 _ 시계_"

"너 시계 있잖아."

"이번에 구찌에서 새로운 디자인 시계 나왔는데 진짜 이쁘더라구 〉_〈 돈 많은 오라버니 이럴 때 써먹어야지 머하겠어 _♬ 나 구찌 시계 사줘_"

"끊자."

내 입에서 구찌 시계 이야기가 나오자마자 곧바로 끊어버린 다윗 녀석! 나빴어 ㅠ.ㅠ

머 이딴 것도 오빠라고 있냐며 궁시렁 궁시렁 다윗 자식을 씹으며 언제나 학교에 오면 제일 먼저 향하는 동아리 실로 향했다.

오늘도 변함 없이 동아리실을 홀로 지키고 있는 시창이 놈.

"도대체 넌 할 일도 없냐? 하여튼 맨날 동아리 실에만 죽치고 있어!!"

"이은서 너 정말 선배라고 안 부를래!!!"

"니가 무슨 놈의 선배야 _ 선배도 선배다워야 선배 대접 받는 거지 _♬"

"이런 식으로 나오면 오늘 생일인데 불리한 게 많을 걸?"

"시창 선배 +_+"

"하여튼 _ 참! 오늘 할매집에서 모이는 거 알지?"

"알지알지 〉_〈* 나의 생일을 기념하기 위해 모이는 건데 _히히히_"

"젠장 _ 니 표정 보니까 당장 취소하고 싶어 취소해야 해 취소 _!!"

"오늘 내가 내 친구들도 많이 오라고 했는데 _ 가만있자 _ 내 친구중에 너 마음에 든다…고…"

"은서야!! 영원히 너라고 불러 +_+!! 그리고 오늘 생일 파티는 끽!! 정을 하지마. 내가 책임진다!!"

190

진작 그렇게 나올 것이지 _ _

어느덧 시간은 흐르고 모두들 할매집에 모였다.

언제나 우리를 반갑게 맞아주시는 할매 _

"아이고 마 _ 가씨나야 니는 왜 이래 오랜만이고. 오늘 생일이라메? 할매가 안주 거 ~ 하게 채리줄텡께 쫌만 기다리그래이~"

역시 우리 할매 뿐이야 ㅠㅜ̂ㅠ!!!

하나둘 씩 할매집으로 들어오기 시작하는 사람들 _

나의 친구들 세븐 프린세스들도 들어오고 시창이놈도 들어오고 _

지운이와 팔짱을 다정히 끼고 등장한 니코틴년도 보이고 _

언제 씻고 자다가 나온 건지 아침부터 전화해 나수 녀석을 씹어대던 다윗도 보인다.

그런데 왜 제일 중요한 나수 녀석은 안 보이는 거지. _ _ ^^^

"시창아 _ 너 나수 오빠 못 봤어?"

"나수?? 못 봤는데?"

에이씨 _ 어디 간 거야!! 다윗 오빠! 오빠도 나수 오빠 못 봤어?"

"그 자식 이야기는 꺼내지도 마!!"

아직도 삐졌구만? _ _ ^

191

한참동안 나수 녀석의 흔적을 찾아 헤맸지만 어디에도 보이지 않는 녀석!

대체 어디로 간 거야!! 전화도 안 받고 _ 젠장!!

그렇게 시간은 자꾸만 흘러가고 _ 그런 와중

"개깡년 님! ㅠ^ㅠ!! 나왔어!!"

어디선가 들려오는 낯익은 목소리 _

이건 혹시??!!

"정우야 ㅠ0ㅠ!!"

"개깡년 님 내가 나왔어! 나 상병 휴가 나왔어. 흐흐흐흑!! 보고싶었어!!"

"장하다 정우야. ㅠ0ㅠ 오늘이 또 내 생일인걸 알고 나라에서 특별히 보내셨구나. 흐흐흑_"

"나 다시 갈게 -_-"

"-_-; 말이 그렇단 거지 아무튼 반가워 ㅠ0ㅠ!!"

192

"응!! 흐흐흑_ 생일 축하해 개깡년아 너도 드디어 스무 살이 된 거구나!! 니가 스무 살이 되다니 난 믿기지가 않아 흐흐흑_"

"그래 고마워 -0- 그나저나 여기서 모이는 건 어떻게 알고 온 거야?? 흐흑_ 아무튼 반가워…"

갑자기 나타난 정우 _

이게 도대체 몇 개월 만인건지 _ 역시 하늘은 내 편이었던 거야!! 내 생일을 딱 _ 맞춰서 정우를 휴가 보내주다

니_

한참동안을 정우와 끌어안고 방방 뛰고있는데 그렇게 찾아도 보이지 않던 나수 녀석이 나타났다.

"안 떨어져??!! -_-^^"

"오빠!! 어디 갔었어!! 연락도 안되고_"

"형아 -0- 간만이야 -0-"

"떨어지기나 하고 말해!!"

"질투는 여전하네?"

"그래도 반갑다_!!"

"나도_ 흐흣_"

그렇게 멋지게 껴안는 녀석과 정우_ 정말 보기 좋구나 _흐흐흐흣_

역시 내 생일이라서 모든 게 잘 되어가고 있는 거야_ 히히히_

그렇게 정우까지 오자 즐거운 마음으로 모두들 둘러앉았다.

세븐 프린세스들에게 차례로 작업을 넣느라고 바쁜 시창이 녀석 덕분에 신입생 환영회 때의 그런 심각한 폭탄주는 안 마시고 있다.

다행이야 다행 -0- ♬

흐흐_

"이은서_ 자! 니가 말하던 구찌 시계!!"

"뭐??"

갑자기 튀어나온 다윗! 내 앞에 정성스럽게 구찌 로고가 붙여진 시계 케이스를 내려놓는다.

"지… 진짜 사온 거야??"

"그래 –_–^ 어쩌겠냐! 동생이 그렇게 갖고 싶으시다는 데…"

"오빠 ㅠㅠ 감동이야!!"

"그래 _ 당연히 감동해야지 _ 흑흑 "

아직까지 아무것도 없는 나수 녀석 들으라고 더욱더 크게 말했건만 아무 반응도 없는 나수 녀석!

쳇 –_– 실망이야!! 늦게 온 주제에 선물도 안 주다니!! 넌 정말 애인도 아니야!! 내가 이 날을 얼마나 기대했는데 흑 _

한참동안 그렇게 시간이 흐르고 _

어느덧 분위기는 무르익다 못해 녹아 내리고 있었다 _

이제 아주 취할대로 취해서 고래고래 악을 지르는 것도 있고 도대체 누구 생일인지 모르겠네!!

다시 한번 내 교우관계에 대해 깊은 한숨을 쉬고 있을 때쯤 갑자기 벌떡 일어나는 나수 녀석!

왜 이러지?? 시끄러움을 이기지 못해 드디어 이성의 끈이 끊어져 버린 건가 –0–???

"조용히 해!!"

역시 -.-… 내가 오랫동안 참는다 했었지 _

순간 고요해진 할매집 _

할매도 놀랬는지 내 친구들과 한참 남행열차를 부르고 즐기고 노시다가 우뚝 멈춰 서버리셨다.

"이제 좀 조용하네. 야! 이은서!"

"으으으으응 -0-??"

"너 내가 3년 전에 줬던 반지 내놔봐."

"왜 -0-??"

"내놓으라면 내놓지 무슨 말이 그렇게 많아!! 빨랑 내 놔!!"

오늘 내 생일인데 흑 _

선물은 주지 못할망정 줬던 걸 빼앗냐 이 치사한 녀석 아!! 이 해삼 말미잘 멍게같이 쪼짠한 놈!!

하지만 아직도 비굴병을 고치지 못한 난 반지를 빼서 녀석에게 건네었다.

"지금부터 여기 있는 것들 다 잘 들어_ 니들이 다 증인 이다."

혼자 조용한 가운데 대체 뭘 하는 건지 내 반지를 뺏더 니 말하는 나수 녀석 _

모두들 나처럼 알 수 없다는 듯 나수 녀석을 쳐다보고 있다.

하지만 그런 건 원래 아랑곳 않는 놈이고… 아무렇지도

195

않다는 듯 신경도 안 쓰더니 갑자기 내게 돌아서며_

　"이은서 나랑… 결혼하자 _ 여기 사람들 다 모인데서 나 김나수 너한테 정식으로 청혼해 _ 결혼하자."

　……– _……

　……= _ =……

　………+ _ +………

　……–0–……

　지금…… 지금…… 이게 무슨 말이냐??? 나 지금…… 혹시… 설마… 청혼 받은 거야??

　정말 –0–??!!

　"–0– 어머어머 웬~ 일이야 –0– 나수 오빠 너무 멋있다!!"

　"그러게 _ 와 _ !! 진짜 멋있어 어떡해!!"

　여기저기서 터져 나오는 함성들_ 그리고 아직도 정신을 못 차리고 벙쪄 있는 나 _

　겨… 결혼?? 정말 이 녀석이 나한테 결혼하자고 한 거 맞어???

　하하… 하하하하하하…–0–

　어떡해 _엄마 나 청혼 받았어 ㅠ^ㅠ!!

　그런데… 원래 반지를 끼워주면서 청혼하는 거 아닌가? 어찌된 게 너는 도리어 반지를 뺏어가고 결혼하자고 하는 거니??!! 싸이코라서 그런 건가??

196

"반지… 이걸로 다시 껴…"

녀석은 주머니에서 새로운 반지를 꺼내어 내게 내밀었다.

아흐흐흐흑 감동이야 어떡해 ㅠoㅠ!! 내가 역시 남자는 잘 골랐던 게야 T^T

그런데 _ 원래 한번쯤 이쯤에서 팅겨줘야 하는 거 아닌가??

티비에서 보니까 그렇던데 −_−(〈−티비를 너무 많이 봤음)

하지만 _

"대도 안 하게 팅겨 볼 생각하지 마 _ 니 대답에서 노는 없어. 항상 예스야…"

라며 내게 팅겨볼 기회 조차 안주는 나수 녀석 _

뭐 _ 어차피 생각만 했었지 나도 그럴 용기는 없었다고 −0−

흐흐 _ 그래 난 항상 니말에 대한 건 언제나 O.K야. 헤어지자는 말만 빼고 〉_〈

조용히 우리 둘을 지켜만 보고있던 수많은 나의 친구와 나수 녀석의 친구들_

그때부터 일동 합창하기 시작했다.

"키스해! 키스해! 키스해!"

하여튼 밝히긴 *−_−*

안 그래도 이쯤 되면 녀석이 키스할 꺼란 걸 난 예상하

고 있었어. ㅎㅎㅎ _

　역시나 나의 예상대로 녀석은 내 손에 반지를 끼우고선 가만히 내 얼굴을 잡더니 키스를 하기 시작했다.

　"우~~~~~~~~~~~~~~~~~~"

　"꺄~~~~~~~~~~ 어떡해~~~~~~~~~~~~"

　"나 지금 키스하는 거 처음 봐. 어떡해 ~~~"

　"휘이이이이이익~~~~~~~~"

　여기저기서 나오는 휘파람 소리 _ 하지만 지금 내게 그런 소리들 따위는 귀에 제대로 들어오지도 않는다.

　3년 전의 약속대로 스무 살에 결혼하자던 약속을 지키는 나수 녀석.

　그리고 스무 살의 생일에 최고의 선물을 받은 나 _

　나 지금 너무 행복해. 행복해서 날아갈 것 같애.

　여러분!! 나 시집가요 ㅠㅜ!!

　사람의 인생을… 필름 하나로 생각해봐… 별 관계없던 너와 내가 만나… 별별 우여곡절 끝에… 사랑에 빠졌고… 서로가 없이는 행복할 수 없다는 걸… 깨달으며… 가장 "소중함"으로… 가장 "진실함"으로… 가장 "순수함"으로… 지금 이 자리에 너와 함께 서있어. 그래서 나는… 지금 감사해. 먼 훗날… 낡은 필름 안에서… 비춰지는 아름다운 풍경… 너와 나의 모습이길 바래…

198

그리하여 오늘은 우리의 결혼식이다 *-_-*

우리의 헤어짐 사건으로 인해 나수 녀석 아버님의 반응을 걱정하며 잔뜩 쫄아가지고는 결혼 허락을 받으려고 갔었건만 왜 난 진작 왕언니 때부터 눈치를 채지 못 했던 걸까…=_=

… 그들 가족 중에… 정상적인 사람은 없었으며… 왕언니도… 정말 정말 개방적이었단 사실을…

우리 엄마 아빠는 그저 나를 데리고 가준다는 사실만으로도 나수 녀석에게 아주 아주 감사해하며 시집가는 나보다 훨씬 더 좋아하더군 -_-^^

한마디로 짜증인 거지!!!

친구년들 하나 아쉬워하고 슬퍼하는 것들이 없고… 서로 부케 받으려고 -_- 싸움박질을 해대고 있었으니…

참… 나의 인생에 회의를 느끼는 절실한 순간이 나와 그 녀석의 결혼준비를 할 때였음이니라!!

아침부터 분주히 움직여가며 끝까지 따라와서는 신부화장 비스무리한 거 받겠노라고 -_-^ 하는 니코틴년과 함께 결혼식장인 호텔주변의 미용실로 향했다.

돈도 없는 기집애가 왜 호텔에서 결혼식을 하냐고?? 나는… 거지라도 그 녀석은 돈이 많잖아 -_-v

아무튼! 아침 일찍 분주히 미용실로 들어간 나 _!

미용실의 언니들은 나를 침대에 갖다 눕히더니 무언가

를 덕지덕지 바르기 시작한다.

　그렇게 한참 동안을 얼굴에 갖다 바르는 언니들 _

　신부화장이란 참으로 까다롭기도 하구나 _

　대충 피부를 손질하나 싶더니 이제는 사람을 앉혀놓고
는 한 시간째 붙이고 바르며 스스로 감탄사를 연발하고
있다.

　무엇이 그리도 감탄스러울까 싶었지만_ 그 아줌씨가
나에게 거울을 들이밀었을 때…

　……

　……나는 정녕 신부화장은 말 그대로 화장이 아닌… 변
장이란 것을 절실히 느낄 수가 있었다 _

　옆에서 니코틴년 혼자 깍깍대며 지 친구 아니라느니 빨
랑 자기친구 데려 오라느니 하며 지랄지랄 거리는데_

　부러우면 부럽다고 솔직히 말 할 것이지… −_−+

　확 부케 받는 걸 H양으로 바꿔버릴까 싶다.

　지옥 같은 신부화장 시간을 끝내고 봉드레 김 아저씨의
사촌이란 사람이 만들었다는 드레스로 갈아입은 후 호텔
로 들어가 신부대기실로 향했다.

　들어가는 중간중간 보이는 녀석의 무서운 조폭 사촌 민
이님과 그의 똘마니들 _

　저 분들은 대체 왜 오신 거야 ㅠ^ㅠ!!

　아 _ 그나저나 분명 미용에서까지만 해도 하나도 안 떨

렸건만 왜 이렇게 신부대기실에 앉아있으니 이리도 손발이 저리며 오금이 떨려오는 건지!!

정말이지 오줌 싸고 싶어 죽을 것 같애!

신부대기실에서 찾아오는 사람들과 이리저리 사진을 찍어대고 있노라니 칠공주년들이 들어오더군 -_-^

"어마~~~~~~~~~ㅇㅁㅇ 웬일이니!!! 신부 바뀐 거 아냐??"

"-_-+ 빠직~ 니들 그런 식으로 나오면 피로연 명단에서 니들만 쏙 빼놓을 줄 알으렴."

"은서야 ^ㅇ^ 너~~~~~~~무 이쁘다."

참으로… 거짓말같이 안면을 싹 _바꿔버리는 것들_

년들은 그렇게 내 앞에서 아부를 퍼붓더니 원래 결혼식날 제일 도움되는 것들이 친구년들이라 하였건만 써글년들은 친구는 끼리끼리 논다는 사실을 눈치채고선 나수놈의 친구들을 물색하러 저~~~~~만치 사라져 버렸다.

ㅠㅇㅠ!!

중간에……=_=……

아영이년도 한두 번 들락거리더니… 그 써글년도 울 집에 몇 번 왔다갔다거린 다웟놈을 찍었다며 -_- 어느새 사라져버리더군_

"주희야 ㅠㅠ 나 너무 떨려 _ 넌 내 옆을 지켜줄 꺼지??"

"야 -0-! 당연하지. 내가 누군데!!"

"고마워 ㅠㅠ 흐흐흑_"

하지만…

꺄아아아아악!! 꺄아아아아악!!

년의 특이한 핸드폰 벨소리가 울렸다.

귀신의 울음소리를 핸드폰 벨소리로 해놓은 니코틴 년…

"여보세요 -0-? 응 _ 그렇구나 _ ♬ 그래 알았어 지운 아! 내가 꼭 전해줄게. 그래그래 _ 잘 다녀와 _ 사랑해 _ ♡"

닭털이 펑펑 돋는 전화통화를 하고선 돌아선 니코틴 년…

"뭐야? 지운이 전화야? 그나저나 지운이는 시간 다 되어가는데 왜 이렇게 안 나타낸대니??"

"은서야 ~~~~~~~ 지운이 교수님 대신 갑자기 세미나를 가야해서 못 온대 ~ 미안하다고 꼭~! 전해달래 >_<!!"

"그… 래? 그럼 어쩔 수 없지 뭐… 에휴… 그런데… 너 왜 그렇게 기분 좋아 보이냐?"

"나?? 으흐흐흐흐흐흐_"

"왜 그래 이 기집애야 -_-^"

"나 이만 나가볼게. 지운이도 못 오는데 내가 여기서 이러고 있을 필요가 없잖냐. 나도 잘생긴 나수 오빠의 친구들을 보러… 그럼 이만 안녕 〉_〈!!"

"야!! 야, 이 써글년아!!"

하지만 니코틴년은 이미 저만큼 멀리 사라져버린 후였다. 젠장 -_-^

믿었던 니코틴년까지 날 버리다니!!

시간이… 흐르고… 흐르고… 신부 입장이란 소리가 들려왔다.

아~~~~~ 가슴 떨려 OTTO

아빠의 손을 고이고이 잡고… 한껏 박수를 치는 관객들을 마주하며 한 걸음 한 걸음… 걸어나가는데……

앞쪽에 앉아서 활짝 웃는 다윗놈도 보이고_

그 옆에서 띨구처럼 헤벌쭉 웃는 아영이도 보인다.

그리고… 신랑 쪽에 앉아서 나를 노려보는 여러 양아치년들도 보이며 =_=

촐랑거리며 사회자 석에 있는 시창이 녀석도 보인다.

아빠가 나수 녀석에게 손을 건네주고 주례를 맡은 손박사의 말소리는 하나도 들려오지 않는다. 그저 지금 녀석과 마주 선 이 순간만큼은 시간이 멈춰버린 듯_

그러다 문득 변하는 녀석의 표정을 봐버렸다_

주례가 길어지고 있음에 분명 이성의 끈이 놓아지기 직전의 표정!!!

그리하여 나수 녀석이 주례사를 뒤엎을 것 같아 녀석의 손을 꼭 붙잡고 ㅠ_ㅠ

흐흑 _ 결혼식 날까지 이런 짓을 해야하다니!!

어느덧 길고 길었던 주례사도 끝나고 시창이 녀석의 장난에 수많은 관객 앞에서 키스까지 하고선 친구 년놈들이 뿌려주는 알 수 없는 이물질들을 맞으며 겨우겨우 퇴장을 할 수 있었다.

족두리 쓰고 곤지연지 찍고 대추를 받고 난 후 기다리고 기다리던 꽝을 시작해서 유럽일주로 이어지는 신혼여행을 위해 공항으로 출발_!!

참으로 여행만 생각하면… 고통스러웠던 그 녀석과의 여름바다 여행이 생각나는 바이지만 이번에는 신혼여행 _ ♬

꺄아~~~~~~~~~~)_〈

"입 벌리고 웃지마."

하여튼 결혼식까지 했는데도 여전히 발전없는 우리들!!

어느덧 비행기는 꽝에 도착을 했고 공항을 빠져나와 호텔을 찾는 녀석의 얼굴을 살짝 살펴봤는데…

역시나……–0–

우려했던 사태가 벌어질 것만 같은 필이 팍팍 꽂힌다!!

호텔에 들어가자마자 짐 정리도 할 시간 없이_

"나 먼저 씻을께."

라며 욕실로 들어가 버리는 그 녀석 ㅇㅁㅇ!!

갑자기… 밤이… 무… 서워… 진다 -0-

이런저런 걱정을 하며 그 녀석 짐까지 정리해주고 있는데 녀석이 샤워를 끝내고 나왔다 -0-

"안 씻어?"

올게 왔구나 ㅠ0ㅠ!!

"^-^;;; 씻… 어야지…"

원래 신혼여행지에 처음 도착하면 ㅠ_ㅠ 짐 정리를 하고 자식계획이나 미래에 대해 의논을 하며… 그렇게 와인도 한 잔 조금씩 해주며… 천천히… 천천히… 무언가가 이뤄진다고 하던데…ㅜ0ㅜ

우리는 도대체 왜!! 이래야만 하는 걸까 ㅠ0ㅠ!!!

욕실에서… 한 시간 가량을 개기다가 빨리 안 나오냐고 욕실문을 뿌수려고 하는 그 녀석 때문에 결국… 가운을 걸친 채… 밖으로 나왔다.

"^-^ 너 오늘 의외로 이쁘다?"

안 어울리는 아부를 하는 그 녀석 _

무서워 _ 무서워_ 분명히 무언가가 있음이야 ㅠㅠ

아무리 내가 미성년자라서 3년 동안 참아왔다고는 하지만 그래도 이건 너무 하잖아!!!

"하하하하 오빠…-0- 근데… 우리는 와… 인 같은 거 안 마셔?? ^-^;;"

"와인… 마시고 싶어? ^-^"

"응…"

"그럼 마시지 뭐~"

왜 이렇게 고분고분한 거야!!

그 녀석과 붉디붉은 와인을 쨍그랑거리며 마시고 있는데_ 헤롱헤롱하니… 참으로 기분이 좋다 *-_-*

"오빠~~~~~~~~~"

결국 혀 꼬부라지는 소리를 내며 그 녀석에게 안긴 나

_

"훗~!"

갑자기 -_- 훗~! 하고 있는 그 녀석의 웃음에…

아!! 오늘은 -0-! 이라는 생각이 들었지만 때는 이미 늦어있었다!!

이미 푹신푹신한 침대에 나를 눕히고서 지긋한 눈으로 나를 응시하고 있는 그 녀석…

순간 얼굴은 화르륵 타오르고_

"저… 기 오… 흡…"

언제나 입 막아버리기가 주특기인 그 녀석_

나는 또 말도 제대로 못하고 그 녀석에게 키스를 당하고 있다.

오늘따라 왜 이리도 키스를 부드럽게 하는 걸까나_
ㅜ_ㅜ !!?

어느새… 그 녀석의 손은 가슴께로 와 닿아 있고… 내 옷이 하나씩 둘씩… 벗겨지고 있다. 그러더니… 내 귀에 대고는 속삭였다.

"^-^ 3년 동안… 많이 참았어…"

아…-////////-

솔직히… 3년 동안… 참았던 그 녀석 ㅜ_ㅜ 정말 자랑스럽고 고맙기도 하다!!

그래!! 오늘은 우리의 첫날밤!! 이제 당당한 거라구!! 흑흑_

이젠 너에게 모든 걸 다 맡기마!! 하지만 능숙한 솜씨로 하는 게 영_ 마음에 걸리는구나 -_-^

아무리 내가 녀석의 과거를 다 알고 있기는 하지만 조금 짜증나!!!

이러저러한 생각을 하고 있을 쯤…

헛 _ 알몸이 되어있다!!! 갑자기 무섭다.

엄마 나 어떡해 ㅠ0ㅠ!!

그 때부터 몸은 부들부들 떨려오고 _

"무… 서워?"

"웅??… 으응…"

참으로 솔직한 나의 대답 =_=

그 녀석도 조금은 당황했는지…

"그럼… 말까?"

아무리 빈말이라지만 참으로 안 어울린다 –_–

"아니……–////////–"

나의 대답과 함께… 그 녀석과 내 몸은 뜨거워지기 시작했고… 고조된 분위기에 나까지 취하게 되었을 쯤… 그 녀석과 나의 몸이 하나가 되었다.

그렇게…

두려움 반 기대 반 설레임 반 이었던 우리의 첫날밤은 깊어만 가고 있었다.

눈이 부신 꽘의 아침햇살에 눈을 뜨니 내 옆에는 천진난만하게 그 녀석이 잠들어 있다.

가만히 녀석의 얼굴을 쓰다듬어 보는 나…

참… 이쁘구나……

"오빠… 고마워…"

"뭐가??"

뭐… 뭐야 깨어 있었던 거야??

"깨어… 있었어???"

"응."

"언제부터??"

"니가 내 얼굴 쓰다듬을 때부터…"

"뭐야 ~ 그런데 왜 가만히 있었어~!!"

"그거야 내 맘이지? 아침이네 _ 굿모닝 키스 안 해 주냐?"

"에이 _ 오빠두 참 ~ -/////-*"

"……"

"빨리 해 ~ 빨리 _"

"일루와 _"

그렇게 녀석에게 굿모닝 키스를 하기 위해 다가가는데…

"나수야!! 우리 왔다!!"

"은서야!! 우리 왔어!!"

뭐… 뭐지??!!

이건 분명히 시창이랑 니코틴년 목소리인데??!!

서… 설마…!!

서둘러 옷을 입고 방문을 연 그 녀석과 나!!

"잘 잤어?? 우리 곰으로 여행 왔어 >_<!! 그런데 방이 없다네?? 오늘부터 여기서 묵을게 _♬와 ~~~시창 오빠! 들어와 봐. 스위트룸이라서 그런지 방도 진짜 넓어 >_<!!"

"야!! 야 _ 뭐야!! 주희야 너 왜 이래 -0-!! 나가!! 나가라고!!"

하지만 안중에도 없는 시창이와 니코틴년 _

"으아아아악!! 이건 아냐 이건 아니라고!!"

그로부터 5년 후 _

"엄마 *^^* 유치원 다녀와또효."
"엄마 *^^* 나두효_"
"엄마 _ 나두."
참으로… 어찌 저리도 닮을 수가 있는지…ㅠ^ㅠ
그 녀석의 축소판 5살 나의 아들 혁이와 현이_ 솔직히
엄마인 나도 가끔 내 아들들을 보면 너무너무 흥분된다.
-0-
그리고 막내딸인 시은이 _

210

이 녀석들을 가졌을 때 제발 그 녀석과 얼굴은 닮아도
성격만큼은… 정말 성격만큼은 닮지 않게 해달라고 얼마
나 기도를 하며 태교에 신경 썼는지 모른다 ㅜ0ㅜ
결국… 나의 끈질긴 노력 덕분이었는지 이렇게…ㅜ_ㅜ
나에게만은… 참으로나 착한 아들들이 되었다 *-_-*
커다란 문제가 있다면… 밖으로 나가면 성격이 변해 버
린다는 거지 -0-!!!
이중인격을 닮은 건가…ㅜ0ㅜ!!
"밥 줘."
그리고 아이들이 태어나고… 결혼생활이 5년이 지나도
저렇게 싹퉁머리가 없는 그 녀석!!
여전히 아저씨 티도 나지 않고 ㅠ0ㅠ! 멋있으며… 아직

도 골빈 대학 후배라는 년들이 가끔 유부남이래도 좋다며 쫓아다니지 -0-!!

…… 제길!!!

"이렇게 늦게 일어나선 무슨 밥이야!! 일요일은 오빠가 차려먹어!!"

"뭐야?? 지금 하늘같은 서방님한테 직접 차려먹으라는 거냐??!!"

"하늘같은 서방님은 무슨 하늘같은 서방님이야!!! 그리고 애들 놀라게 왜 소리는 질러!!"

"젠장 -_-^"

애들이 놀란단 소리를 듣자마자 입을 꾹 다물어버리는 녀석 _

애들이라면 그렇게 끔찍이도 싫어하더니 역시 지 자식이라서 그런지 이쁘긴 이쁜가 보다.

"엄마 _ 아빠랑 싸우는 거야?"

"아냐 ~ 아빠랑 싸우긴 _ 엄마랑 아빠가 얼마나 사이가 좋은데 그치 오빠??"

"병신 -_-"

"오빠 정말 이럴래!! 애들 앞에서 그게 무슨 말이야!!"

"아니 근데 정말 보자보자 하니까 아까부터 왜 이렇게 기집애가 소리를 꽥꽥 질러대 질러대길!!"

"뭐야?? 기집애?? 지금 나보고 기집애라고 그랬어?

어?? 내가 나이가 몇인데 아직까지 기집애란 거야!!"

"니가 그래봤자 26밖에 더 되냐!!"

"그래도 나도 나가면 어엿한 주부이자 애들의 엄마야!! 하나의 인격체라고!!"

"이게 어디서 꼬박꼬박 말대꾸야!!"

한참동안 고래고래 소리를 질러가며 말싸움을 하는 우리 _

그리고 그런 우리를 지켜보던 혁이와 현이 _ 그리고 시은이

"아빠 지금 엄마한테 화내는 거야? 으아아아아아아앙!!!"

끝내 울음을 터트렸다.

애들아 ㅠㅠ 역시 니네들은 엄마 편이었구나 흐흐흑_

"야!! 애들 울잖아!! _ 현아 _ 혁아 시은아 아빠가 엄마한테 화내는 게 아니고… 에구 _ 울지마 _ 야!! 애들 안 달래냐!!"

"몰라 _ 오빠가 울렸으니까 오빠가 달래라. 호호 그럼 난 정우네 집이나 놀러 갈래!! 그럼 안녕 ~~~"

"야!! 이은서 너 거기 안서?? 너 내꺼라고 경고했었지??!!"

이렇게 또 우리 집의 하루는 흘러간다 _

안정된 생활_ 변함 없는 그 녀석 _

그리고 내 목숨보다 소중한 내 아들 딸 혁이와 현이와

시은이… 언제까지 이 행복이 영원하길…
    야!! 너 내꺼라고 경고했지? 이제 정말 안녕 _ 굿바이 _
빠이빠이 _

야!! 너 내꺼라고
경고 했제? 제2부

초판 1쇄 인쇄 2003년 7월 11일 /초판 1쇄 발행 2003년 7월 14일
지은이 야.내.꺼.자.까 (박신영)
펴낸이 박대용 / 편집, 기획 최선영 · 임혜란
인쇄 대정인쇄 / 출력 프레스파크

펴낸곳 도서출판 징검다리 / 등록 1998년 4월 3일 (제10-1574)
주소 서울시 마포구 합정동 426-1
전화 3143-1966 · 332-3880 / 팩스 3143-2757
e-mail zinggumdari@hanmail.net

ISBN 89-88246-54-3, ISBN 89-88246-50-0(세트)

잘못된 책은 구입하신 서점에서 교환해 드립니다.